只差一个谎言

[日] 东野圭吾 著　黄真 译

南海出版公司

新经典文化股份有限公司
www.readinglife.com
出 品

只差一个谎言

目　录

只差一个谎言	1
冰凉的灼热	37
第二个梦想	81
失控的计算	129
朋友的忠告	179

只差一个谎言

1

总彩排逼近高潮。

这是第二幕"洞窟中"里亚鲁与恋人普尔莎发现宝藏的场景。首先是两人的共舞，然后是普尔莎的独舞、亚鲁的独舞，最后两人再次共舞。现在是双人舞的部分。

这组场景中最大的看点，还要数后半段中普尔莎使用魔毯在空中跳舞的部分。亚鲁单手将普尔莎高高擎起，还必须在狭窄的舞台上来回舞动。男舞者的辛苦自不必说，女舞者也必须相当有体力。而且毋庸赘言的是，这段舞蹈还须以满载幸福的表情展现出来。毕竟，两人正身处发现了宝藏而大喜过望的情景中。

"真治，你的动作幅度越来越小了，这样根本看不出在飞舞。你要我说几遍！"

真田的声音从话筒里飞了出来。身为艺术总监的他正坐在观众席近乎正中央的位子上，直盯着舞台。几个小时后，这个大厅将坐满人，现在还没有一个观众。弓削芭蕾舞团的舞蹈演员跳着舞，注意力全都集中在艺术总监的眼神上。

寺西美千代站在离真田不远的过道上，不仅看着演员，还顾及着舞台的布置和照明效果。她最担心这场公演会变成一出劣质的廉价戏。她心想，一定要让观众说出这样的话来：不愧是弓削芭蕾舞团，能有这样的镇团大戏！幸而投入了巨额的宣传费，演出的预售票已经全部卖完。从这个意义上来讲，她有自信说自己已经尽到了总务处主管的职责，接下来就看这博得评论家们一致好评的舞台表演能不能完美呈现了。她另一个身份是艺术总监助理。

在美千代的余光中，一扇门被打开了。她朝那边看去，只见一个黑色的影子正往里走。虽然看不见脸，但她已从那颀长的身影知道是谁了。一种让人忧烦的感觉如烟雾般弥漫开来。

顾长的身影朝她走近，她迎接般地走了过去。这个时候，一个事实已经明白无误：对方正是那个不受欢迎的来客。

"百忙之中打扰，实在抱歉。"对方说道，声音压得很低。

"又有什么事？"美千代问道。与声音一同被压制住的，还有她不耐烦的情绪。

"有件事无论如何都要询问一下。您现在方便吗？"

"你也看见了,现在是总彩排的重要关头,正式演出的时间也快到了。"她的目光落在手表上,然而光线太暗,她无法看清表盘。

"只要您能回答我的问题,马上就可以结束。"

美千代故意重重叹了口气,朝真田那边回头看去。真田全然没察觉她正在和高个男子谈话,一直盯着舞台。本来他这个人就不需要什么助理。"真没办法。那就出去一趟吧。"

"不好意思。"男子轻轻低下头,以示歉意。

美千代和男子一同走出演出大厅,穿过走廊,打开了休息室的门。一个临时招来总务处帮忙的女人正在整理留给嘉宾的票。

"不好意思,能到别的地方去弄吗?比如接待台之类的。"

"啊,好的。"

年轻女人将摊在桌子上的东西收拾好,走出了房间。

"给您添麻烦了,实在抱歉。"男子说道。

美千代没有理会。"要咖啡吗?"她问道,"不过,是自动售货机里的速溶咖啡。"

"不,不必了。"

"好吧。"

美千代打开墙上监控电视的开关,坐到折叠椅上。屏幕上出现了舞台。与电视分体安装的音响里传来了真田的声音。只见他一副因男舞者的动作不够生动而大为光火的样子。

男子隔着桌子面朝她坐了下来,目光转向电视屏幕。"这样啊,坐在这里也能看到舞台。正式演出的时候,这个屏幕也会……"

"会播放的。"

"哦?那这个房间也相当于观众席了。"

美千代从包里取出香烟和打火机,把桌上的烟灰缸拉到近前。"芭蕾舞如果不现场观看就毫无意义。"

"是吗?"

"需要用人的肢体完成的表演都是这样。体育竞技也是这样吧?不过,这只针对一流作品而言。"

"这么说,《一千零一夜》就是一流作品吧。"说完,男子朝墙上贴的海报看去。那是弓削芭蕾舞团《一千零一夜》的宣传海报。公演首日就是今天。

"这还用说。"美千代点上烟,吐出烟雾点头道,"我们只表演堪称一流的作品。在这些一流的作品里面,《一千零一夜》又是最好的。"

"这个难演的角色,如果没有成熟的技艺和天生的表现力,是绝对演不出来的。而她完美地呈现了出来,这恐怕超出了导演的想象。除她以外,能扮演这个角色的芭蕾舞演员目前不会有了——"男子唐突地说了这样一段话,眯眼笑了起来,"十五年前的报纸上是这样写的。"

"你调查过了?挺爱管闲事的嘛。"

"我之前就说过了。我对芭蕾舞有些兴趣。"

"我还以为你在开玩笑。"

"算是半开玩笑,但那也是实话。"男子盯着她的脸,"十五年前报纸上还刊登了您演女主角时的照片,风度典雅、美貌动人而又带着一丝危险芳香的普尔莎公主。"

美千代避开男子的目光。对她来说,那是她美好回忆的一部分。但现在这个场合,她并不想让它成为话题。

"那么你说的问题呢?"

"抱歉,忘了您还忙着呢。"男子将手伸进上衣口袋,仿佛在搜寻着什么。

这个男子姓加贺,是练马警察局的刑警,正调查一桩数天前发生的案子。美千代和他碰面,算上今天已经是第四次了。

加贺把记事本拿了出来。"首先,我想再确认一下您那天晚上的行踪。"

美千代没有掩饰不耐烦的表情,慢慢摇了摇头。

"又是这个?真够烦人的。"

"别这么说,"加贺爽朗地笑起来,"那天,您傍晚六点之前一直待在芭蕾舞团的办公室里,然后与艺术总监真田先生等人吃饭,九点左右到家。此后您就一直待在家里,直到第二天早上八点去上班。上次问您的时候,您是这样回答的。对这些内容,您有什么要更正的吗?"

7

"没有。正如你说的那样。而且我回到公寓后没有跟谁见过面，也没通过电话，所以证明不了我那天晚上一直都在家里。"

"也就是那些情况没有变化，对吧？"

"嗯。我没有不在场证明，但为什么必须要这个证明？我完全不能理解。"

"也没有说非要不可。只是您如果能把那天晚上的行踪用什么方式证明出来，那就对我们太有帮助了。"

"这我就不明白了。你们这些人，用这样的架势做调查，好像是桩杀人案似的。"

加贺闻言，眉毛微微上扬。"不是好像，我们认为这是桩杀人案的可能性很大。"

"怎么会？"美千代的脸歪向一边，发泄般地说道。然后她再次朝向刑警，这次的声音很克制。"不是真的吧？"

"我可是负责调查杀人案的刑警。"加贺说完，露出洁白的牙齿笑了。

2

早川弘子的尸体被发现，是五天前早上的事了。公寓管理员发现她倒在公寓院内的草坪上，头部大量出血。

警方经过调查，判明她是从七层自家的阳台上坠落的。虽说地上有草坪，但泥土地少得可怜，四周全被水泥地围着。警方推定她的头部猛撞在水泥地上。即便是走运落到泥土地上，她得救的可能性也几乎为零。

寺西美千代和弘子住在同一幢公寓楼，但那天早上出门时，骚动还没有发生。事发的草坪在很不惹眼的位置，而管理员给那块地浇水也是很久以后的事。美千代在上午1点钟之后才得知弘子的尸体被发现。她是在电话里听警方说的。那个电话并非警察打给她，而是她打到弘子住处的。那个时候刑警已经进入弘子家，正在勘查现场。

下午，几个刑警来到了芭蕾舞团。其中一人就是加贺。

早川弘子也曾在弓削芭蕾舞团总务处工作。直到大约一年前，她都以舞蹈演员的身份登记在册。后来因为膝盖受伤，不能跳舞，才决意告别舞台。她今年三十八岁，身材玲珑而瘦削，很适合当芭蕾舞演员。而且她和美千代一样，都是单身。

弘子是在死前一周刚搬进来的，因此搬家用的纸箱基本上都还原封未动地堆在一起。警方首先注意到的，是同一公寓楼里也住着美千代这一情况，他们想知道这是否出于偶然。

"不是偶然。有一次她有事来找我，似乎看到了墙上贴的租房广告，只是她事先并没和我打过招呼。看到她忽然搬进来，我吓了一跳。"

警方还对两人公寓的位置很感兴趣。美千代家在弘子家的斜上方，若美千代走到阳台上，就能俯视弘子家的阳台。

警方问她是否看见或听见了什么，美千代摇头否认。

"那幢公寓的隔音设施很到位，外面的声音基本听不到，而且我很少会到阳台上去。"

警方并未对她的回答抱有特别的怀疑。他们当时也询问了别人，关于早川弘子的死是否有什么线索。无论是总务处的人还是芭蕾舞团的成员，都说毫无头绪。与弘子关系亲密的几个人说："说起来，最近她精神抖擞，看上去很高兴。"

那时的加贺并没多问，仅仅问了一个有关弘子着装的问题。

弘子当时穿着一身运动服，脚踝上套着袜套，还穿着舞鞋。加贺问他们对此有什么想法。

自然，美千代等人也回答说感到奇怪。即便是仍活跃的演员，也不会在自己的寓所里穿舞鞋。不过美千代对警方说了这样一番话：

"如果弘子是自杀，我是能理解她穿舞鞋的心情的。对芭蕾舞演员来说，舞鞋就象征着人生。我也经常开玩笑说，我死后请把舞鞋放进我的棺材。"

演员们也表示认同这番话。

当时，加贺没再提出比这更深入的问题。

3

"您的公寓是在八楼吧？您去过阳台吗？"加贺问道。

"倒是去过几次，"美千代答道，"但并不常去。那天晚上也一样，楼下的阳台上发生了什么，我没能看到。这我都说了好几遍了。"

报纸上说，早川弘子坠落的时间应该是尸体被发现的前夜。恐怕这是警方根据解剖结果做出的推断。为了证明这个推断，加贺立即来到这里，询问当夜美千代是否在场。那个时候她的回答与她刚才所说的一样。

"您从阳台往下看过吗？我指的是早川小姐坠落地点的附近。"

"这个嘛，"美千代低下了头，"可能看过，但我忘了。最近我都没往下看过。这怎么了？"

"我在早川小姐家的阳台上往正下方看过一眼。我首先想到的是，坠落地点的地面十分狭小。不光被建筑物和墙壁夹在中间，旁边还有树丛，因此基本上看不到水泥地面。我感觉如果有什么东西落下去，落到水泥地面的概率应该十分低。当然，这是视觉上的错觉，走到楼下才明白，水泥地面出人意料地开阔。只是从上面看上去不一样。这不仅是我个人的感觉,我的同事似乎也有同样的印象。"

"然后呢?"

"自杀者的心理表面上复杂,却有单纯的一面。跳楼自杀也一样,有时自杀者受俯视时的感觉影响,会改变想法。自杀者最恐惧的就是不能干脆利落地死去。以七楼的高度,无论落在哪里都会立即毙命,这谁都想得到,但自杀者会觉得自己必须直接撞到水泥地面才行。从这一点来看,在那个阳台上向下看到的情景会起到干扰决心的作用。"

"否定自杀说法的依据就只有这些?"

"不,这根本谈不上什么依据,只是个人印象罢了。要说依据,她的房门没有上锁,录像机还设置了定时录像,这些应该更有力。"

"定时录像?"

"是的,第二天一大早 NHK 会播出芭蕾舞入门教学的节目,看样子早川小姐是打算录下来。我们从到访过早川小姐家的人那里获得证言,直到事发前一天,她的录像机都还没有接上电源。可见,她是为了录像而匆忙设置了录像机。一个想要自杀的人,会做这种事吗?"

录像机——

美千代的脑海里浮现出早川弘子家的样子。她还记得起居室的角落里摆着电视机。至于有没有录像机，她记得不那么清楚，而录像机是否正处在定时录像的状态，她更是没有考虑过。

"我也有过一时大意忘了锁玄关门的事。如果她是冲动之下自杀，忘关定时录像这种事也可以解释得通。"美千代说道，"一旦起了自杀的念头，总不会想着先解除定时吧？"

"道理倒是这样，"加贺轻轻一笑，"那为什么会产生那样的冲动？是她设置好定时录像后发生了什么事吗？"

"这个嘛，这个我就……"美千代摇摇头。

"之前问大家对早川小姐自杀的原因有什么看法时，您是这样回答的：早川小姐因为告别了演员生涯，不能再跳舞了，似乎认为自己失去了人生价值。她自杀可能是因为这个困扰她的问题越发严重了。"

"我现在也这么认为。"

"但在此后的调查里，出现了与这个说法相矛盾的事实。早川小姐似乎正在努力寻找新的人生价值。"

"新的人生价值？"

"芭蕾舞教室。"加贺双手放在桌上，十指相扣，身子微微前倾，"早川小姐是埼玉县志木市人吧？有迹象表明，她正在那一带物色能开芭蕾舞教室的地方。她的熟人说，她想教小孩子芭蕾舞。而她之所以搬到练马来，也是出于这个考虑。从练马到志木交通很便利。"

13

美千代舔了一下干巴巴的嘴唇。"哦……开芭蕾舞教室。"

"您不知道吧?"

"我第一次听说。"这并非谎话。她虽然察觉到早川弘子似乎要干什么事,但完全没想到是开芭蕾舞教室。

"我明白了。目前并没有能证明她是自杀的决定性证据。那么反问一下,他杀的可能性又如何呢?我想这种可能微乎其微。"

"哦?是吗?"

"怎么说都是让一个活生生的人从阳台上掉下来,是不是?若是他杀,你不觉得凶手需要很好的体力吗?而且受害者肯定会拼死反抗,因此几乎不可能吧?或者是凶手让早川服了安眠药之类的东西,让她睡着了。那样一来,有些力气的男人倒也能办到。"

"从解剖的结果来看,早川小姐并没有服用过安眠药的迹象。"

"那就不可能了。"美千代点点头,"我可以肯定。"

"有关犯罪手段,我们也考虑过。但现在这层想法还是先放在一边吧,我们首先要弄清楚的是当天晚上进了那间屋子的人到底是谁。不管用什么手段实施犯罪,如果凶手不进公寓,早川小姐是不会掉下去的。幸好早川小姐是刚搬的家,出入她屋子的人应该没有多少。哪怕只是检查一下落在地上的毛发,都能得到相当多的信息。"

一说到毛发，美千代不由得将手抚在头发上。最近将白发染黑费了她不少功夫。"要是那样，我就该最先被列在嫌疑人名单里了吧？自从她搬来以后，我已经去过她家好几次了。"

"您说的这些，我们在调查的时候当然考虑到了。但不只是毛发，我们还会检查衣服纤维等细小的遗留物。还有，不仅是凶手留下的东西，我们还打算追查凶手拿出去的东西。"

"拿出去的东西？"

"说拿出去不太好理解。更确切地说，就是附着在凶手身上被带出去的东西。"

"我还是不太明白。"

"比如说，"加贺说着抱起胳臂，"早川小姐或许打算做些园艺，阳台上铺了一块木垫，角落里还有一个空花盆。您还记得吗？"

美千代思索片刻。"说起来，是有这些东西。"她答道。

"在调查的时候，我们发现那个花盆有被人碰过的迹象，而且应该是被人戴着手套举了起来。当然，那个痕迹可能是早川小姐自己留下的，但我们必须弄清楚。"

"你们怎么调查？"

"花盆虽然是空的，但或许附着了微量的泥土和农药。当它被举起时，这些东西就有可能附着在手套上。这么一来，秘密武器就该出场了。"

"秘密武器？"

"就是警犬。"加贺竖起了食指，"让它闻一闻农药的气味，然后去找手套。如果不能在室内找到手套，那就说明有其他人碰过花盆。如果顺利，或许还能把那个人走出公寓的情形弄得一清二楚。"

听着加贺的话，美千代想起了某个电视节目。那是一部纪录片，讲述的是一群凭借气味发现毒品的缉毒犬的故事。在片中，它们的神勇被表现得淋漓尽致。美千代呼地叹了一口气，露出微笑。"真是有意思的尝试啊。但这样一来，我可能就越来越受怀疑了。因为警犬一定会在我家前汪汪大叫的。"

"为什么？"

"因为我碰过那个花盆呀。她搬来的那天我过去帮忙，我记得在打扫阳台的时候把它拿起来过。"

"戴了手套，是吗？"

"是的。不戴会弄伤手嘛。"

"您确实碰了？"

"嗯。"美千代挺起胸脯点点头。

加贺陷入了沉默，仰头看着天花板。

"可惜啊。警犬派不上用场了。"

"看来确实如此了。"加贺挠挠头。

"我不明白。为什么你认为这是他杀呢？如果是他杀，一定要有犯罪动机吧？你发现了什么吗？"

"说到真正的动机，那只能去问凶手了。不过，能让我们往这方面想的证物，我倒是拿到了一些。"

"请务必告诉我，我也有兴趣。"

加贺露出一丝犹豫的表情，接着将手伸进了上衣的内兜。"这个您还记得吗？"他掏出一张折起来的纸，摊开有 A4 大小。这是一张复印件，上面印着细小的文字和符号。

美千代瞥了一眼便点点头。"嗯，我记得。前几天你拿给我看过。不过，这好像只是其中的一部分吧。"

"是的。严格地说，这只是一部分的复印件。因为那是重要的物证，不能随便拿来拿去。"

前几天加贺拿来的是一个厚厚的文件夹，里面是记录了乐谱和配舞动作的底稿复印件。那无疑就是将于今天演出的《一千零一夜》。

据加贺所说，这份文件是在早川弘子的住处找到的。搬过来的其他东西大都还收在纸箱里，唯独这份文件早早地就拿了出来，而且还被藏在了床底下。

这份文件的内容有几个耐人寻味的地方。首先，它是手写底稿的复印件。现在芭蕾舞团使用的乐谱和底稿都是印刷品，这份底稿为什么特意手写？而且手写的原件在什么地方？早川弘子究竟为什么要如此小心地保管这种东西？

对于加贺的问题，美千代只是回答说什么都不知道。除此之外，她不打算再回答什么。

"此后我们经过了多方调查，基本上已经摸清了那份文件的本来面目。"

"那是什么？"

"我有件事想先确认一下，是有关《一千零一夜》的事。那部作品是弓削芭蕾舞团创作的吧？"

"对。"

"作者和编舞是寺西智也，也就是您的丈夫。作曲是新川祐二。我听说作品是这两位挚友在十七年前创作的。初演是在十五年前，扮演主角普尔莎公主的是您，而那也是您最后一次登台。有什么不对吗？"

"没有，正是那样。"

"这么一来，那份文件就有了一个矛盾。从书写笔迹等方面来看，我们判断编舞部分应该是出自松井要太郎的手笔。这位松井先生，想必您是知道的吧？"

"……我知道。"

"听说松井也是弓削芭蕾舞团的一位总排练者，学过编舞，和音乐家新川也是旧相识。但他在二十年前因病亡故了。矛盾就在这里。为什么去世的人会在三年后亲笔完成作品？"

美千代陷入沉默。这个问题的答案她是知道的，但她犹豫着现在该不该说，毕竟刑警的推理已经接近尾声。

"很遗憾，新川先生在五年前因为一场事故身亡，而您丈夫也在去年因癌症去世，所以真相就不明不白了。但仍然可以想象，写出《一千零一夜》的是新川、松井这对搭档。因为松井先生亡故了，剧本发表时，便让寺西智也先生充当了编舞——我想这并不算什么跳跃性的想象。"

"你是想说，我丈夫……寺西智也冒名顶替？"

"我没说是冒名顶替。或许有这样的来龙去脉，我只是描述这个推测而已。"

"不就是一回事吗？啊，原来是这样啊。我知道你想说什么了。"美千代面朝刑警点点头，"出于某种原因，早川发现了松井先生的底稿。于是她做出了和你一样的推理，对我进行了威胁，对吧？我为了保守丈夫的秘密，就把她杀了。这就是你所想的，对吗？"

加贺没有回答。他微微低下头，像是自言自语般说道："我们调查了早川小姐的银行账户，有一笔来源不明的一千万元款项。我们只能认为，一定是发生了什么特殊的事情。"

"你是说那笔钱是我支付的？"

"有钱进账，就说明可能卖掉了什么东西。我们联想到那份被找到的文件是复印件。说不定早川小姐持有原件，以一千万元的价钱卖了。我们这样考虑过。"

"如果文件被人买下了,那么案子到这里就已经结了。我并没有杀她的动机。"

"在您看来是已经结了,但早川小姐或许并不这么看。证据就是那份被找到的文件。虽然底稿已经交到了您手上,但她为自己保留了一份复印件。她之所以复印,应该就是要拿它和您进行新的交易。'交易'这个词,或许还可以换成刚才您说的'威胁'。"

加贺平淡的语气让周围的空气渐渐变得凝重起来。美千代甚至感到呼吸困难。

4

美千代思考着该怎么回答,为了拖延时间,她将目光投向了电视屏幕。舞台练习还在继续。从演员们的着装来看,她知道已经进入了第三幕。正在跳舞的是普尔莎公主。普尔莎公主和成为国王的亚鲁重逢,但因为灯神的魔法,国王看不到公主的真面目,于是公主试图通过跳舞唤醒心上人。

美千代看着舞蹈,忽然站起身来。"不好意思,请稍等。"她对加贺说完,便打开门离开房间,朝着演出大厅一路小跑。

走进大厅,她在通道上快步前行,径直走到盘腿坐着的真田旁边。"真田先生,那是怎么回事?"

一脸髭须的真田慢慢转过头来。"你觉得哪儿不对劲?"

"普尔莎的舞蹈!你为什么让她那样跳?"

"我要指导出最棒的演出,仅此而已。"

"结果变成了那个样子?真田先生,你明白吗?现在普尔莎在试图唤醒心上人,是她显示公主的高贵、诉说自己并非女奴的场景。既然如此,那又是什么?她看上去简直就是在用色相引诱他!"

真田抬头看着美千代,挠了挠被络腮胡子包裹的下巴。

"这可不是'看上去',正是用色相去吸引亚鲁。"

美千代睁大眼睛。"真田先生,你是认真的?"

"当然。"

"难以置信!"

"喏,美千代,你想吸引一个男人时会怎么做?用你的优雅举止和聪明头脑吗?亚鲁和普尔莎是一对恋人。你觉得一个男人会记得他往昔女人的哪一点?"

"请不要说低俗的东西。"

"让人联想到性方面的东西就叫低俗?我们可不是在平安夜对着一群携儿带女的家长表演《胡桃夹子》。"

美千代皱起眉,摇头道:"什么时候改的?"

"两天前做出的决定。但在我的脑子里,这个版本已经出现很多次了。只有这个部分一直让我放心不下，我觉得改一下会更好，这样剧情就会更加紧凑。"

"……改回原样。"

"我拒绝。所谓'原样'是什么？"

"是我跳的《一千零一夜》。十五年前的《一千零一夜》！"

"那是你的《一千零一夜》。今天，这个舞台将上演的是我的《一千零一夜》。你可别忘了。"

"改成这样，团长是不可能同意的。"

"我可事先得到了团长的许可。"

"怎么会……"

"要是你觉得我撒谎，可以去确认一下。"真田握起话筒，在打开开关前说道，"对不起了，牢骚话之后再说。总之一切都已经决定了。"

美千代感到一种岔道口的横杆从眼前降下的错觉。她向后倒退，朝门口走去。排练重新开始，真田指导演员的声音飞到耳边，但美千代无心去听内容。

她从演出大厅出来，斜靠在墙壁上，深深叹了一口气，似乎全身的气力都被抽走了。

"没事吧？"一旁传来说话声。加贺一副担心的表情站在那里。

"啊。你……一直在这儿？"

"因为您忽然站了起来。"

"啊，是啊。对不起。"美千代迈开了步子。她很想知道这个刑警是不是听到了她和真田的对话，但马上又想，听没听见都没有关系。

两人回到那间屋子。屏幕上仍然播放着舞台的画面。美千代关了电视和音响，房间恢复了安静。她坐到椅子上。

"身为芭蕾舞演员却不能跳舞，那就完蛋了，什么都没了。"

"是吗？"加贺在先前的位子上坐了下来，"可您已经有了别的生活方式。"

"这是欺骗，只是自己欺骗自己。十五年前就已经终结了。"美千代把手伸向刚才扔在桌上的烟盒，但衔起香烟前，她似乎想起了什么。"啊。对了。刚才你的问题才问到一半呢。那个，是什么问题来着？"

"我刚才说到早川小姐对您进行威胁的可能性。"

"啊，是啊。"美千代将烟衔在嘴里，点上了火。她深吸一口，吐出白色的烟雾。"加贺先生，虽然你看上去比一般的男人更了解芭蕾舞，但你可不懂本质上的东西。对我们来说，一部芭蕾舞剧是谁创作出来的，并没有那么重要，重要的是由谁怎样将它表演出来，或者说，关键的只是让谁怎么演。你似乎是觉得寺西智也得到了《一千零一夜》创作者的名誉，可那并没有什么大不了的。作品之所以用寺西的名字发表，只是考虑到这样更能引起关注。作曲人新川先生也是知道的。"

沉默支配了整个房间。美千代吐出的烟雾在空中飘散。

"我明白了。您的信息给了我们许多参考。"加贺合上记事本。

"已经完了吗?"

"嗯,问题就是这些。"

美千代本想安心地吐出一口气,但她掩饰住了,装出一副平静的样子。"看来没能满足你的预期。"

"什么意思?"

"你其实就是想让我说,'杀死早川小姐的是我'吧?很遗憾,凶手并不是我。"

加贺的嘴角浮现出一丝意味不明的微笑,他并没回答美千代的问题,转而说道:"其实,有件事想拜托您。"

"什么事?"

"有样东西我们想让您拿给我们看一下。您能马上带我去一趟您的住处吗?"

"马上?"美千代皱起眉头,"你是认真的?今天可是公演的首日。"

"离正式开演还有时间吧?我一定会把您及时送回来。"

"我可是总务处的负责人,可不能光是'赶在演出之前'。"

"可是我们这边也很急。"

"能不能等到公演结束以后？"

"拜托了。"加贺低头行礼,"如果您不去,我们就要拿出搜查令了,我们可不想这么兴师动众。"

听到搜查令,美千代心头一紧。这个男人的目的是什么？

"究竟要我出示什么？"

"这事我们在车上说。"

美千代叹了口气,看看手表。确实,离正式演出还有一段时间。"看一下就行,是吧？之后会让我回来吧？"

"是的。"加贺点头。

美千代拿过包站起身。"请先答应,这是你最后一次这样纠缠我。"

"嗯,我也希望这样。"加贺答道。

美千代向副手打过招呼,便走出了剧院。对方显得有些吃惊。

加贺是准备了车来的,但不是警车,而是一辆普通的轿车,看来是由他驾驶。美千代坐到了副驾驶座上。

"请快点。"

"明白。今天路上并没有那么堵,别担心。"加贺谨慎而有绅士风度地驾驶着,但看上去也有几分心急。"有关方法的事。"加贺冷不防开了口。

"什么？"

"我是说,假定早川小姐是被杀的,那凶手杀她的方法是什么。"加贺直视前方说,"正如您说过的那样,忽然将人从阳台上推下去并不是件容易的事。尤其是对女人来说。"

"我想这不可能办到。"

"嗯,或许不可能。但当时的情况如果不同,就该另说了。"

美千代闻言,目光转向旁边。加贺仍然盯着前方。

"我刚才也说过,早川小姐正在筹备开办芭蕾舞教室,为此她似乎在筹措资金。不过,她要准备的并不只是这方面的事。"

"你想说什么?"

"光有钱办不成学校,还必须备足教课的人。我们已经确认过了,早川小姐对弓削芭蕾舞团的数名演员发出过邀请,要演员们兼职来教小孩芭蕾舞。"

"这种事……我第一次听说。"

这真的是美千代头一次听到。她脑中浮现出几个可能接受邀请的人,全都是些无望成为一流演员的家伙。

"不过,"加贺继续说道,"也不能一味依赖兼职教师。早川小姐自己也必须能够教学。但她告别芭蕾将近一年了。对一个舞蹈演员来说,这么长的空白期会造成多严重的后果,连我这个门外汉也知道。她首先必须把身体恢复到能跳芭蕾的状态。因此她从基本的课程开始,每天都坚持练一些。她之所以时常会早晨在练习室被人看到,想必也是这个原因。"

美千代保持沉默。她预感到加贺的话正朝着她不想看到的方向偏转。

"但光是这些练习并不够,早川小姐想着能不能在家里也练。可是因为刚刚搬家,公寓还没收拾好,并没有一块像样的地方。所以,她注意到了阳台。"

面前的信号灯变成了红色,加贺停下车。美千代感到他正转向自己这边,但她没有与他目光相对的勇气。

"不,使用阳台恐怕是她搬来之前就已经决定了的,所以她定做了一块木垫。如果地板是不做处理的硬水泥地,可能会弄伤身体。但科长他们对我的话完全无法理解。他们说,那么狭小的地方怎么能练芭蕾舞?其实是可以的。您自然也明白吧?"

"是把杆练习吧?"美千代无可奈何地说道。

"正是如此。芭蕾舞练习室的墙壁上一定会安装把杆。书上说,练习者必须抓住把杆进行三十分钟以上的练习,先做伸展肌肉、关节和跟腱的准备活动。"

"你可真是做足了功课。"美千代的话听起来有点挖苦人的意味,但她实际上没这心思。

"那个阳台是安装了扶手的,可以当作把杆的替代品。扶手的一部分有摩擦过的痕迹,这也看得出是早川小姐每天触碰它的结果。可见——"

信号灯变成了绿色。加贺从刹车上移开脚,踩下油门。车顺畅地前行。

"可见，"他再度说道，"早川小姐是在进行把杆练习的时候掉下去的，所以她会穿着舞鞋。而她之所以还穿了袜套以及与季节不符的厚衣服，是为了避免身体因吹夜风而着凉。"

"有关着装的谜团是解决了。但即便是这样，也不能否定自杀的说法呀。或许她是在练习中一时冲动产生了自杀的念头。"

"也不能说完全没有这种可能。但我们更愿意考虑另外一种可能性。"

"什么意思？"

"虽说芭蕾舞的课程练习很关键，但听说伸展运动也很重要，特别是在课程结束后，可以说是必不可少。我听说有一种非常传统的做法，就是把一条腿搭在把杆上进行的伸展运动。这么说来，我倒是见过几回舞蹈演员做这种动作。"

美千代做了个深呼吸。她意识到自己的心跳正在逐渐加快。

狭窄的车中回荡着加贺的声音。"在阳台上练习的早川小姐当然也会在完成练习后进行伸展运动，她会把一条腿搭在阳台的扶手上。而这里就出现了一个问题：阳台的扶手比训练室里的正规把杆要高。如果只是为了保持身体平衡而抓住扶手，她应该不会注意到扶手与正规把杆之间些微的高度差别。然而一旦将腿搭在扶手上，就会因为扶手过高而不便于做伸展运动。于是早川小姐准备了一个小小的平台，站在那个平台上，再将一条腿搭在扶手上伸展。"

"你说的简直像亲眼看到了一样。"美千代脸颊有些僵硬,有意识地不让声音颤抖。

"她用的平台,就是放在阳台上的空花盆。只要将它倒着放,高度就正好。将花盆翻过来的时候,我们看到上面有几个圆形的痕迹。鉴定结果表明,那就是舞鞋留下的痕迹。"

车驶入美千代熟悉的街道,离公寓近了。一定要沉着,她暗自想道。没关系,无论自己如何可疑,只要没有证据,他们就不能怎么样。

"话说到这里,您应该明白我想说什么了吧?早川小姐站在平台上的时候,有一条腿是搭在阳台的扶手上的。这看上去是种很不稳定的状态。假如这个时候有人从一旁抓住早川小姐站在平台上的支撑腿往上举,就能轻而易举地让她翻出栏杆。"

"你想说那是我干的吧?"

"我们只是在寻找凶手。"加贺的声音沉着得令人生厌,"根据我们的推理,凶手在逃走之前并没有什么多余的举动,但还是做了件事,那就是移走花盆。恐怕是因为保持现场的样子会让人看出犯罪的方法。凶手将花盆放在阳台的一角,让它看上去跟芭蕾舞毫无关系。这也就意味着,我们要做的事就是寻找那个碰过花盆的人。"

美千代终于领悟到,加贺之前提起花盆的真实意图就在这里。表面上像是在说无关紧要的事,实际上是在确认她有没有碰过花盆。"刚才我也说过了，我确实碰过花盆。但那是我帮她搬家时的事。"

"我知道。您说您戴了手套，对吧？"

"嗯。"

"所以，"加贺放慢车速，公寓就在眼前，"我们想让您给我们看看那个时候戴的手套。"

5

美千代让加贺在门外等着，走进公寓打开柜子。她取出那副手套，靠近鼻子闻了闻。上面真的沾了农药之类的吗？光凭肉眼看，什么东西都没有沾上。然而或许如加贺所说，是肉眼看不见的东西。

她拿着手套走出公寓，发现除了加贺，还有一个年轻男人也站在那里。"就是这副手套。"

加贺并没有接过手套的意思，而是说道："不好意思，现在我们想去一趟早川小姐家。"

"她的家？要干什么？"

"有件事想确认一下，马上就会结束。"

"这个呢……"美千代亮出手套。

"这个请您拿着。"说完,加贺便迈开了步子。美千代无可奈何,只好和年轻的刑警一起跟着加贺。

坐电梯下了一层楼,一行人走向早川弘子家。不知为何,房门是开着的。加贺门都不敲就进去了,美千代紧随其后。

公寓里已经有三个男人,想来都是刑警。他们眼神并不怎么和善,却没将锐利的目光投向美千代,能让人感到他们是故意移开目光的。

"请到这边来。"加贺站在起居室里向她招手道。

"究竟要确认什么?"美千代环视室内问道。纸箱子仍旧堆积在一起。

"请看看那个东西。"加贺指着阳台说道,"您碰过的花盆是那个吗?"阳台的一角放着一个灰色的花盆。

"是的。"美千代点头道。

"我知道了。那能给我看看那时您戴的手套吗?"

美千代将手套递过去。

"能暂时由我们保管吗?"加贺问道。

"可以。"她答道。

那个年轻刑警从一旁出现,将手套取走,放进塑料袋。美千代不安地看着他的动作。

加贺打开了通向阳台的玻璃门。"能到这里来一下吗?"

"想干什么?我都说好几遍了,离正式开演没多少时间了。"

"马上就结束。总之请您先来这里。"

美千代大口呼吸着走到近前。

加贺走到阳台上。"您也请吧。"

美千代看了看脚下,发现了准备好的拖鞋。她穿好拖鞋站在阳台上。

"我再问您一遍,"加贺说道,"您在她搬家当天移动过的花盆,确定无疑就是那个?"

"真烦人。我说了,一定没错。"

"好的。"加贺点点头,背对扶手站定。他的身后,晚霞正蔓延开来。"我们调查那份文件的时候,发现了另一件不可思议的事情。那上面有现在演出的《一千零一夜》中没有的编舞部分。我们认为,寺西智也先生将它作为自己的作品发表时,把那部分删除了。我已经将那部分拿给芭蕾舞专家看了。"

"你想说什么?"

加贺用平淡的语气继续道:"删除的部分包含剧烈的跳跃,不仅在技术层面上,在体力层面上也要求有极高的水准。而您当时的身体状况如何?相关人士证明,您的膝盖和腰因为长年过度使用,处在濒临极限的状态。从以上的事实来看,我不得不做出一个假设:您想通过《一千零一夜》装点最后的舞台生涯,拜托丈夫将难度最大的那部分删掉。对于被种种荣誉光环包围的您来说,这是对谁都不会说的事。但是有人发现了这一点,那就是早川弘子小姐。"

他说话时，美千代一直摇头，想要塞住耳朵。

"胡说八道！不要说这么过分的话。"

"是这样吗？除此之外，我想不出其他的犯罪动机了。"

"无聊透顶。请让我回去。"

"从您家的阳台上，"加贺的脸转向斜上方，"能很清楚地看见这里吧？"

"你想说什么？"

"您目击早川小姐练习芭蕾舞的可能性很大。只要每天都看见她，您就能把握她每天练习量有多大、会在什么时候开始练习。"

"这又怎么了？"

"您估算着她大概要做伸展运动的时候，就从家里出来，按响了这里的门铃。早川小姐便中断动作，打开门。您说了句有事找她之类的话。那种情况下早川小姐会怎么做？她应该会让您等着，继续做完伸展运动，因为对舞蹈演员来说，在练习时分心会使自己受伤。就这样，在您的注视下，她再次开始了伸展运动。后面的就如我刚才在车上所说，"加贺低下头，越过扶手向下看去，"早川小姐将一条腿搭在扶手上后，您立刻快步走近，抬起她的支撑腿。恐怕她连呼救的时间都没有。坠落所需的时间大约是两秒，可以想象，她连惨叫都没来得及发出来。"

美千代的心脏像接近极限一般剧烈地跳动,冷汗从腋下流出,手脚冰凉。

突然间——

抓住早川弘子脚腕时的触感复苏了。袜套的触感,还有即将坠落前弘子愕然的表情。

"但那只是想象。"美千代勉强说出一句,"什么证据都没有。"

"这该怎么说呢……"

"你怎么想象都没关系,因为我并不是凶手。"

"我刚才也说过了,凶手在早川小姐坠落后移动了花盆。就是放在这里的花盆。"

"所以碰过花盆的人都有嫌疑,对吗?确实如此。但我碰它是在她搬过来的时候。从那之后,我都没来过这儿。"美千代大声说道。

加贺抱起双臂,呼地长舒一口气。"寺西女士,这是谎话。"

"哪里是谎话了?我真的是……"

美千代突然止住,因为加贺开始摇头否定,露出一副同情的表情。

"那是不可能的。"

"为什么……"

"那个花盆,"加贺指着阳台的一角,"是新的,上面还原封不动地贴着价格标签。我们调查发现,早川小姐是在她被杀当天的傍晚买下的。"

"怎么会……"

美千代体内的血液开始倒流,全身在一瞬间燥热起来。

"我们在公寓里发现了一个旧木箱。早川小姐最开始应该是将它当作平台使用的。可能因为感觉不舒服,她就到家装店物色可以当平台的东西,看中了这个花盆。所以早川小姐搬家的时候,这里并没有这个东西,你也不可能碰过它。可你却声称碰过。这是为什么?是不是因为听我说了警犬的事,觉得与其事后暴露自己碰过它的事实,不如事先就说出来,才不会显得可疑?"

加贺的措辞很稳重,却刺中了美千代的心。她回想起这个刑警至今为止说过的话。一切都是诱导她钻进这个圈套的布阵。

"你的目的,"美千代声音颤抖,"是让我说出我碰过这个花盆吧?我说出那句话的时候,你就已经赢得了这场游戏。"

"你的犯罪方法堪称完美。你没有徒然地耍手段,而是花心思极力减少谎言。对于我们来说,再怎么可疑的人,只要没有决定性的证据,我们就不会出手。你抓住了这个弱点。为了将你逼到绝境,我们必须让你再撒一个谎。"

美千代点点头。不知为何,全身忽然没了气力。她看着加贺放松了嘴角,那是一丝极自然的微笑。

"加贺先生，你也撒了谎。"

"啊？"

"你不是说，会在正式开演前及时把我送回去吗？但你根本没有这个打算吧？"

加贺皱了皱眉头，将前额的头发捋了上去。"对不起。"

"我要去的，看来是别的地方了。"

美千代准备走进屋里。"犯罪动机。"这时，加贺说道，"动机果然是你不想让世人知道十五年前的演出内容有过变更吗？"

她转身摇了摇头。"不是。"

"那为什么……"

"我想隐瞒的是，我曾答应了弘子的要求，因为那意味着我承认了十五年前的那场演出是弄虚作假。要是我坚决拒绝就好了。"

"为了掩盖谎言，就必须制造更大的谎言。"

"人生也是如此。"美千代将视线投向远方，太阳已经完全落山。

她脑海中浮现出下降的幕布。

冰凉的灼热

1

八月一日，下午两点四十分。

木岛广美在购物回家的路上经过田沼家门口。

一辆白色小轿车正往车库里倒。发觉开车的是田沼美枝子，广美停住了脚步。

不一会儿工夫，美枝子熄掉引擎，下了驾驶座。她穿着鲜红的T恤，搭配灰色短裙裤，裤脚下的腿又白又细。

美枝子似乎也注意到了广美，稍稍睁大了眼。

"前几天真是谢谢了。"广美说道。

"哦……"美枝子摆出一副摸不着头脑的表情。

"哎呀，垃圾袋的事。"

听到这儿，她还是没有马上想起来，过了几秒才"啊啊"地开了口。"那种事，不值一提。"她的嘴角流露出笑意。

"但真是帮了大忙,太不好意思了。真是的,不知哪儿来的野猫干的好事。"

前几天,木岛广美一大清早放到门口的垃圾袋在垃圾回收车到来之前被弄破了。广美见状,正要回去取新的垃圾袋,田沼美枝子从家里出来,帮她用胶带补好了破洞。

"开车去买东西了吗?"看着车库,广美问道。小轿车的发动机盖下,空调的水正啪嗒啪嗒地落下。

"没有,只是出了趟门。"

"哦。有车真方便啊,特别是这种天。"说着,广美用手掌扇了扇风。木岛家也有汽车,但被她丈夫开到公司去了。

广美本想再聊些什么,但美枝子看上去像有急事,对着家门和车子来回看,似乎没有工夫扯闲话。

"那再见了。"点头致意后,广美迈开了步子,额头上的汗水几乎流到眼睛里。给上小学的儿子准备的一点五升装乌龙茶很重,而且今天手上还有一袋五公斤重的米,购物袋的提手深深嵌进手指。

下午三点十分。

中井利子按照惯常的路线收报纸费。阳光很强烈,光是看着柏油路面就让人眼睛生疼。她虽然戴着一顶宽檐白帽,头上还是感到一股炙烤般的暑热。

她在一幢门牌上写有"田沼"的房子前停住脚步。这一家只订了早报。

中井利子按响了门柱上的对讲机。这家的女主人很年轻，因为孩子还小，她不能出去工作，也很少外出。车正停在车库里。

然而，结果与中井利子的预想相反，她怎么等都听不到回应。保险起见，她试着再按了一次铃，结果还是一样。

虽然想着在这种酷暑要再来一次很辛苦，但别无他法。她将装旧报纸的袋子和报社发行的宣传册塞进信箱，朝着下一幢房子出发。

晚上七点五分。

田沼洋次在路上与坂上和子说话。

"哎呀，田沼先生，你回来啦。"坂上和子先搭话。

她是住在附近的主妇，年龄在四十岁上下，和洋次并不是特别熟，但常和洋次的妻子美枝子在路上闲聊。

和子正往自家的庭院里浇水。虽说是盛夏，一过了七点，天还是会变暗，但这似乎已经成了她的习惯。按美枝子的推断，这大概是因为她不想被太阳晒到。

"哎呀，晚上好。"田沼洋次招呼道，"今天还是这么热。"

"是啊，真热呢。"坂上和子一边给盆栽浇水一边说道。

随后，洋次来到自家门前，没再见过谁。这里离车站很近，但与店铺鳞次栉比的站前街形成鲜明对照，这种车站背后的住宅区少有人来，特别是在路上的柏油都要熔化的盛夏里。

从外观上看，他的家跟他早上出门时相比并没有变化。这幢建在约二十坪①土地上的房子，有扇还算体面的门，还有一个放点盆栽就会被塞满的狭小庭院。这是他前年借了三十年期的贷款买下的。

他掏了一下裤兜，取出家门钥匙。钥匙一共有三把，开大门的两把，开后门的一把，但大门在平常只上一道锁。对上锁眼花了他一阵工夫，因为玄关上的灯没有打开。

他拔出钥匙，打开门，里面一片漆黑。若在平常，厨房那边应该会传来美枝子一句"你回来啦"，紧接着他会看到一岁的裕太的圆脸出现在和式房间的推拉门对面。

然而今天，哪一边的欢迎都没有。他思考片刻，朝里屋大声喊了起来："喂，美枝子！"

没有人回应，只有他的声音在狭窄的走廊里回响。他打开大门旁边的灯，又一次朝里屋的暗处喊了起来。

"美枝子，不在吗？"这声音几乎能让邻居听到。

这次还是没有回应。洋次脱掉鞋子，走进厨房打开灯。桌上放着一个玻璃杯和一份早报。面向狭小庭院的玻璃窗边，有着蕾丝花边的窗帘已经被拉开。他想，如果从外面看，里面的

---

①日本计量房屋和宅地的面积单位，1坪约为3.3平方米。

景象一览无余。

他将公文包放在椅子上,走进旁边的和式房间打开灯,但没有美枝子和裕太的身影。在房间一角的婴儿床上,毛巾被卷作一团。榻榻米上扔着小熊布偶。

接着,他来到走廊,打开盥洗室的门。

美枝子就倒在那里。

2

大批侦查员正在狭小的室内来回走动,穿制服的、不穿制服的、年轻的、年长的,各色各样。田沼洋次坐在餐厅的椅子上,呆滞地用目光追随他们的身影。谁在调查什么,调查出的东西会被整理成什么样子,他完全不知道。

离报警已经过了大约四十分钟。他深深感到这一切就像一场噩梦。

美枝子死了。她的身体变得冰冷而僵硬,似乎在显示距离她死亡已经过了相当长的时间。即便如此,洋次还是边喊她的名字边摇晃她的身体。他想,或许她会奇迹般地苏醒过来。

"田沼先生。"走廊里传来了说话声。

他转过脸,一个身材高大、面部轮廓鲜明的刑警站在那里,目光沉着锐利,看起来三十出头。

"您能来一趟二楼吗?"

洋次点点头站了起来,全身像灌了铅一样沉重。

二楼有一间六叠①大的和式房间和两间四叠左右的西式房间。和式房间是夫妻俩的卧室,西式房间打算给孩子们。他们曾计划再生一个孩子。

刑警在和式房间门口站住,向洋次招手道:"请到这边来。"洋次走过去,再次看着室内的一切。

给警察打过电话之后,他才发觉这个房间被翻过。衣柜的抽屉全部被打开,里面的西服和内衣被翻得乱七八糟。美枝子梳妆台的抽屉更是一团糟,而田沼家的贵重物品基本上都放在这个抽屉里。

"您说存折不见了,是吧?"刑警问道。

"是的,还有一些现金。"洋次答道。

"现金放在哪里?"

"梳妆台正中间的抽屉里。内人应该把生活费放在了那里。"

"金额是……"

"可能是十万元左右……不,应该更少一些。上个月末,我从银行取了十万元,但应该已经用掉一些了。"

"其他的贵重物品都确认过了吗?"

---

① 日本计量房屋面积的单位,1叠约为1.62平方米。

44

"要说的话，也没什么重要物件……"他茫然地看着四周。

"即便不是昂贵的物件也没关系。有没有什么重要的书或珍稀物品之类的？总之是被偷了就会让您感到不方便的东西。"

"这个，我想不起来。"对自己来说，妻子和儿子就是最贵重的——他把这句话咽了下去。在这里说也无济于事。

"那么这个衣柜里，"刑警指着衣柜说道，"平时都放些什么东西？"

"不管什么时候，都只放着西服和内衣。我想也就是现在散落在这儿的东西。"

"您确定吧？"

"嗯，我确定。"

刑警点点头，浓密的眉毛紧皱起来，眼和眉的间隔变得狭窄，显得有些不像日本人。总之，他始终是一副质疑的样子。让他在意的究竟是什么东西，洋次自然是不知道的。

刑警终于抬起头来，说道："今天早上，您和您儿子见过面吗？"

"见过面。"洋次答道，觉得对一岁的小孩用"见面"这个词未免有些奇怪。

"您还记得那时候他穿着什么吗？"

"这个，穿什么来着……我记得是一身白衣服。"

"请到这边来一下。"说完，刑警打开隔壁房间的门。

隔壁房间放着一个配有立式衣柜和抽屉的小型组合柜。刑警打开组合柜最上面的抽屉，那里放着裕太的衣服。

"您儿子的衣服全都放在这里吗？"身形高大的刑警问道。

"是，我想应该是的。"

"那么您看看这里，能想到哪件衣服不见了吗？因为这里找不到的衣服，就是您儿子现在身上穿的。"

是这样吗？洋次想着，开始在抽屉里找了起来。婴儿服塞满了抽屉，有许多几乎是新的，也有一些是洋次从来没见过的。

"可能，"他停住了手，"我想是一件上面画了绿象的衣服。"

"绿象？是动物的那个象吗？"

"是的。白底，胸口的绿象图案很大。因为是最近刚买的，内人很喜欢，就让他穿上了。"

刑警将洋次所说的记录在了记事本上。趁这个空当，洋次眺望窗外。大批侦查员正在房子周围来回走动。

"那么，"刑警说道，"您平时都是让儿子睡在这个房间吗？"

"什么？"

"我是说，今天您好像让他睡在了这里。"

"啊，这个，是这样吗？"洋次的目光闪烁不定。他不知道刑警为什么会问这样的问题。

"这里铺着一条厚毛巾，"刑警指着窗边的地板说道，"正好叠成了能让一岁的婴儿睡下的大小，而且还放了一个小枕头。

因为要采集毛发，我们已经把它收走了。"

"啊啊，"洋次无意识地擦了擦下巴，"是这样吗？那一定是让他在这里睡午觉了。"

"为什么？"刑警一脸疑惑，目光依旧锐利。

"什么意思？"

"一楼的和式房间有婴儿床吧？为什么不让他睡在那里？"

"这个……"洋次想不出合适的回答，也不知道这个刑警为什么要纠缠这个问题。"有什么问题吗？"洋次主动问道。

"不，也不是说有什么大问题。"刑警再次皱起了眉头，环视狭窄的屋子，然后朝窗户那边一瞥，最终又朝向洋次，"我在想难道不热吗？这个房间里没有空调，窗户也都紧闭着。像今天这样的天气，白天这里一定相当热，就像个桑拿间一样。"

"啊，你是指这件事吗？"洋次猛地点点头，"当然热了，所以放他在这里睡的时候，我们会打开卧室的空调。如果把门完全打开，这里也会吹进凉风，毕竟房子面积小。这里不会变得太冷，而且不至于直接对着风吹，正好让孩子在这里睡觉。"

"不过，您太太既然在一楼，我觉得让孩子在一楼睡才能照看得到。"

"她会不会是马上就要上二楼？"

"来干什么？"

"比如来晾衣服什么的……"

"这么说起来,您太太好像正打算去洗衣服。洗衣机里面放着要洗的衣服。"

"是吗?我不清楚。"

"但既然洗衣服的时候她在一楼,应该不会特意把孩子放在二楼睡吧?算了,这或许也不算是什么问题。"

刑警虽这么说,但并不是一副罢休的表情。然而即便是洋次,也无法给出更多解释。除了美枝子,谁都不知道实情。

"对了,最近停过电吗?"刑警问道。

"停电?没有……怎么了?"

"一楼微波炉上的时钟正在闪烁,录像机上的也是。"

"啊啊,要说这个嘛,"洋次舔了舔嘴唇,"两三天前,电流断路器跳闸了。那些东西应该保持着那时候的样子。"

"哦,这样的话就明白了。"刑警点头道。

"喂,加贺。"这时,楼下传来了说话声。

"我在。"高个刑警回答道。看来他姓加贺。

"能让田沼先生来一下吗?"

"知道了。"回完话,加贺看向洋次,"走吧?"

洋次点点头,向楼梯走去。

一个姓村越的白发警部正等着他,一旁还有两个刑警,应该是村越的部下。其中一人拿空啤酒罐当烟灰缸,正在抽烟。

"我们调查了这附近,没有发现你儿子。我们会继续搜索,但说到底，我们认为他被凶手带走的可能性很高。"村越警部站在餐厅正中间，语气平淡地说道。

洋次不知该如何应答，但还是在思考片刻后问道："是绑架吗？"

"现在什么结论都不能下，但有必要考虑这个情况。总之，我们今晚打算让侦查员住在这里。"

"啊，那就拜托了。"

"说起来，"警部略带茶色的眼睛看着洋次，"平时进出这里的都是些什么人？请把你能想到的人都告诉我们。"

"可我白天都不在家……都是些卖酒的人或保洁店的人之类的吧……"

"卖酒的，保洁店。"警部重复道，"这些店的名字你知道吗？"

"啊，那个，可能写在电话本上了。"

"其他呢？"

"其他……"正思考着，洋次抬起头来，"凶手会在这些人里面？"

"现在还不知道，"警部摇头道，"但有可能是你们认识的人干的，这种可能性并不低。"

"怎么说？"

"根据目前掌握的情况来推测，我们认为凶手并不是从大门，而是从后门侵入的，因为后门的锁是开着的。凶手从后门进来的时候，你太太正在盥洗室里——"警部稍微停顿了一下，继续说道，"于是凶手掐死了你太太。这是凶手计划好的行动，还是突发行为，现在还无法断言。不过从凶手没有使用凶器这一点来看，我们目前认为，凶手侵入的时候并没有杀人的意图。暂且不论这个，问题在于凶手掐住脖子的方式。你太太是从前面被人掐死的。"

"从前面……"

"这意味着什么，你知道吗？如果从后门忽然进来一个陌生人，无论谁都会警惕，摆好架势，甚至喊出来。至少不会眼睁睁看着生人走近，却一言不发。"

"可能她当时没有注意到凶手进来了，光注意洗衣机了……"

"若是这样，你太太就应该是从后面被掐住脖子。她是从前面被掐住的，而且并没有剧烈抵抗的痕迹，从这些情况来看，比较妥当的解释是，你太太是在对凶手放松警惕的时候，忽然被掐住脖子的。"

"所以你说这是我们认识的人干的？"

"毕竟还是假设。"这么说完，警部点点头。

警部没有再问其他问题，洋次开始回忆平时进出家里的人。然而，无论怎么回忆，他想起的都只是些配送清洁用具的人和报纸收款人。

3

也不知道自己睡着了没有，洋次就这样迎来了第二天。昨夜两个刑警住在了他家，但还是没什么重大进展。

"我们认为凶手今天就会和你接触。"警察这么说道。洋次沉默地点点头。

案子的事情，他还没有对任何人说过。他遵照了村越警部的指示：在还没判明凶手带走孩子的目的之前，尽量不要走漏风声。或许是发布了报道管制，电视和报纸都没有报道这件案子。

但这件事终究得告诉大家。一想到该如何向自己的家人以及美枝子的家人交代，洋次就感到头痛。

到了下午，两个刑警离开了，取而代之的是昨天和他见过面的加贺。他的姓写成汉字应该是"加贺"。他问洋次有没有裕太面部的清晰照片。昨天晚上虽然交上去一张照片，但出于光线的缘故，裕太的脸很难辨识。

"请稍等，好像有本相册。"说完，洋次才发觉自己根本不知道相册放在哪里。他只记得是本红色封面的相册。那是裕太出生时不知谁送的礼物，里面贴了好几张美枝子用一次性相机拍的照片。每当有熟人来的时候,她就会拿出来给他们看。被拉着看别家孩子的照片,这只会让人不耐烦。洋次梳理着苏醒的回忆。

那本相册放到哪儿去了——

他走进一楼的和式房间,打开了壁橱。他记得美枝子将家中的杂物都放在了这里。然而缝纫机、熨衣台及不知装着什么的盒子和纸袋被精巧地塞得满满当当,基本上找不到缝隙。似乎只要触动一件物品,整个壁橱就会变成破碎的拼图,很难再复原。他愣愣地站在那里望着。家中的壁橱居然是这种状态,他还是头一次知道。一眼看去,根本找不到相册。

"不在这里吗?"不知何时,加贺来到了旁边。

"奇怪,究竟放在哪儿了?"洋次喃喃自语,关上了壁橱。

他走到餐厅,环视餐具柜周围,想起美枝子总在餐桌上打开相册。他推测,相册可能放在了这个房间的什么地方。

然而不论怎么找,就是不见相册。他只能徒然站在房间的中央。

"是什么样的相册?"加贺问道。

"有这么大,"洋次比画出一个四方形,"红色封面的相册。裕太的照片应该全都贴在里面。"

"大约这么厚?"加贺用拇指和食指比画出三厘米左右的距离。

"嗯。"

"那不就是昨天那个房间里的那本相册吗?"

"昨天那个房间?"

"二楼的和式房间。"

"有那种东西?"

"可能有。"加贺点头道。

洋次和加贺一起走上二楼,进入和式房间。"不是那个吗?"加贺指着衣柜上面说道。家用医书旁边立着一本红色相册。

"啊,是的。"洋次伸过手去,"居然在这里。"

"您一直都不知道吗?"

"毕竟整理照片是内人的事。"洋次当即打开相册,赤裸的裕太跃入眼帘。他正在婴儿床上神色安稳地睡觉。

洋次胸中涌起一股冲动,这股冲动立即刺激到泪腺。他拼命忍住泪水。不能在这里哭,现在哭为时尚早,因为裕太的安危还没得到确认。他极力压抑感情,从相册中选取了三张照片。"这些够了吗?"

"足够了。十分感谢。"加贺说道。

"对了,又找到什么线索了吗?"

听洋次这么一问,加贺轻轻摇头。"现在正在收集目击者的消息,但光是这些线索还……"

"这样啊。"

"但一定会有什么浮出水面的。"加贺把手伸进上衣口袋，从里面拿出烟盒，是一盒还没拆封的香烟。"呃，烟灰缸……"

"没有。我和内人都不吸烟。"

"啊，那我还是不抽了。"加贺将烟盒放回口袋，"总之，问题在于凶手接下来会如何出现。既然凶手将裕太一同带走了，就一定有什么目的。胜负接下来才见分晓。"

"但愿是这样。"洋次答道。

加贺回去之后，洋次又上到二楼，打开了那本相册。里面贴着许多美枝子拍的照片，他还从未凝神看过。

睡着的裕太、哭鼻子的裕太、笑着的裕太，这些身影都贴在这里。照片上只有裕太，但美枝子拿起相机对准儿子时的笑脸似乎也印在了上面。又有一股热气迫近胸口。

他和美枝子曾就职于同一家公司。两人不在同一个部门，但在公司主办的远足大赛上相识。他们都喜欢旅行，在交往期间去了许多地方，还有好几次在外住宿。

那是最幸福的日子，洋次想。

结婚之后，他们再没有过一次像样的旅行，而美枝子也马上就怀孕了。裕太一生下来，想要出门都是难事。

原本他们并没有想这么早就要孩子。他们想暂时享受二人世界，孩子的事情以后再说，所以，当得知美枝子怀孕时，他们还讨论了几次堕胎的事情。之所以没有堕胎，是因为双方都已经不那么年轻,再想要孩子未必能如愿以偿。

裕太的出生让他们十分高兴,但不得不因此放弃的事情也不少。两个人的旅行就是其中之一。

即便如此,洋次还是觉得,这应该就是所谓的幸福家庭。有了房子,也有了孩子,生活算不上奢华,但有稳定的收入,他也没有什么不满意的。

这本相册本来打算用裕太的照片填满,却从中间开始就变成一片空白。最新的那张照片,拍摄日期是大约两个月之前。

我也想得到幸福——

美枝子的声音在耳边响起。

4

葬礼在案发三天后举行。因为尸体解剖,葬礼稍微迟了一些。昨天晚上,有关案件的情况已经由警方公布了。

这次葬礼当然只是美枝子的葬礼,但参加的人似乎都把它当成了母子两人的葬礼。只要看看他们的表情,洋次就知道得一清二楚。

洋次住在埼玉的母亲从赶到守灵现场开始就一直在哭。很明显,与其说她是因儿媳的死而悲痛,倒不如说是因预感到孙子的噩耗。

三天来，终究还是没有来自凶手的消息。警方没有明说，但似乎都预计马上就会发现孩子的尸体。驻扎在洋次家的警察也在昨天晚上全部撤回。

田沼洋次回到家时，已经过了傍晚六点。太阳正在下落，地上散发出的热量却似乎没有半点变化。他将丧服上衣搭在肩上，手掌热得渗出汗水，濡湿了包住骨灰盒的布。

他家门前站着一个男子，是加贺。只见加贺也脱掉了上衣，用右手拿着，露在短袖衬衫外面的手臂肌肉正闪耀着汗水的光亮。他平时一定坚持锻炼，洋次呆呆地想着。

"辛苦您了。"加贺一边点头打招呼，一边说道。

"你一直在这儿等着吗？"

"不，刚刚才过来的。我有两三个问题想要问您。"

"是吗？那请进。"洋次掏出钥匙打开房门。

走进房子，他先打开了餐厅的空调。这里和二楼的卧室都装有空调。随后，他将牌位和骨灰盒暂且放在了一楼的和式房间里。这个家里没有佛龛，但也不得不买了，洋次想道。他自己并不信仰什么宗教。

"有关您儿子的新情况，很遗憾，一丁半点都没有。"加贺坐在餐厅椅子上说道。

"是吗。"洋次无力地说道，将黑色领带取了下来，盘腿而坐。

他全身疲惫，喉咙干渴，但连走到冰箱的气力都没了。

"对了，听说报纸收款人那天来过这里。"

"收款人？什么时候？"

"她说是下午刚过三点的时候，按了铃却没有回应，当时她以为主人外出了。"

"可能是外出了吧。"

"但是，"加贺的目光落在记事本上，"比这稍早的两点半左右，附近的一位女士和您太太说过话。那位女士说，您太太正驾车从什么地方回来。"

"那……"洋次咽了口唾沫，"就是说收款人来的时候，美枝子已经被杀了吗？"

"目前而言，这个说法最有说服力。"刑警采用了慎重的说法。

"下午三点……是吗？"洋次思考起来。那个时候自己在干什么？

"您觉得您太太开车去了哪儿？"

"不知道，会不会是买东西？"

"据那位和您太太说过话的女士说，您太太并没有拿着购物袋一类的东西，只说是出了趟门而已。您认为这说的是去了哪儿？"

"我不知道。会不会是银行、市政厅或者邮局之类的地方？"

57

"但这些地方全都在步行距离之内,用得着特地开车去吗?"

洋次稍加思考,说道:"也许是因为最近太热了。"

"这是个理由。"加贺点点头,"那么,您能推测出她去那种地方要办什么事吗?"

"我家的家事全归她管,所以……对不起。"洋次没有看加贺的脸,低下了头。

"无论在谁家,男主人都是这么说的。"

"这段时间,我一直忙着工作。"话一出口,洋次已经感觉出这个语气像是在为自己找借口。

"事实上,您太太在白天外出,好像并不只限于那天。"

"你的意思是……"

"因为附近的人经常看到她开车出去。事发前一天,她也出去过。"

"那一定是去买东西了。应该是出去买一些晚饭用的小菜吧。"

"不,不是那样的。"

加贺坚定的口气让洋次感到困惑。眨眼间,加贺就像揭穿魔术的机关似的,从桌子底下拿出了一样东西。

那是超市的购物袋。

"这是'丸一'超市的袋子。您是知道的吧,从这里到那家超市只用步行几分钟。您太太基本上每天都在那家超市买东西。不光店员记得她,我们还从这里的垃圾篓里找到了那家超市的小票。"加贺说着指向清洗台旁边的垃圾篓。

在自己浑然不觉的情况下,警方已经调查到了垃圾篓吗?发生了杀人案,这种程度的调查是理所当然的,这他当然明白,但还是不太高兴。

"怎么样?您太太白天去了哪里,您有线索吗?"

"这个嘛……"洋次绞尽脑汁,又咽了口唾沫。

"您太太既然出门了,当然也会将裕太带走。"

"嗯。"

"这么一来,我想她能去的地方也就有限了。对带着孩子的人来说,日本是个很不方便出行的国家。"

洋次沉默地点了点头。美枝子也经常发这样的牢骚。带着个小孩,哪儿都去不了。时装店、高级餐馆、电影院不得不全部放弃——她最后还会接上一句:"你倒好,麻烦事全都向我一推了事。"

"怎么样?"

"嗯?"

"有关您太太的行踪。"

"啊,"洋次摸了摸下巴,"我去问问美枝子的熟人,可能会问出什么来。"

"那麻烦试试。"加贺说道。

这样今天的事就结束了吧,洋次心想。

"您在机床制造厂工作?"加贺变换了话题,"听说是在板桥的一家工厂当设备维护工程师?"

"是的。"为什么要问工作的事情?洋次心想。

加贺将记事本打开。

"事发当天,您早上去了千叶的客户那边,回到工厂是下午两点左右。之后,过了三点,您又去了大宫的芦田工业,六点半再次回到工厂,然后换好衣服回家。这些情况有什么不对吗?"

洋次不由得睁大了眼睛,一时间说不出话来。看着他这副样子,加贺抱歉地低下了头。"我们已经向工厂询问过了。虽然这可能让您不开心,但掌握全部相关人员的动向是侦查工作的常规。"

"不,没什么不开心的。"洋次用手背擦掉额头上的汗水,"那天的事我记不太清了,既然你已经向工厂调查过,我想应该不会错了。我们的日程安排全部由工厂管理。"

"嗯,都留下了准确的记录。"加贺低下了头,"我只想确认一件事情。"

"什么事?"

"据工厂的人说,您出发去芦田工业的时候,好像说过'今天就从那儿直接回去了',听说连要更换的衣服也带去了。这是真的吗?"

"这个……"洋次搜寻着当时的记忆,"可能我说过,因为这种情形经常会有。"

"但您后来又回到了工厂。"

"我想起还有事……反正也不用绕很远,而且如果直接回家,往哪儿停公务车也是个问题。"

"啊,是啊,听说您在工作的时候是要用车的,是一辆日产阳光的厢式货车,车身两侧印着公司的名字。我见过。"

为什么连这个都要问?洋次思忖着,一语不发。

"不过,"加贺接着说道,"我们去芦田工业核实情况的时候,他们说您到那儿的时间是五点左右。您三点刚过就从板桥的工厂出发,到达大宫的芦田工业是五点。这在平时可是半个小时就能到达的,您花的时间好像过多了,中途是不是去了什么地方呢?"

"啊,那个,去了书店。"

"书店?哪一家?"加贺拿好本和笔。

"就是十七号线旁边的那家书店。"洋次说出了地址,那是一家他经常会去的大型书店,"芦田工业那边的人没特别嘱咐要几点到,所以我就稍微歇了口气。这事我也不能声张。"

"您买了什么书?"

"不，那天没有买。"

加贺或许是在记录洋次说的话，在记事本上写着什么。

"请问……"洋次说道。加贺抬起头。看着他那略显粗犷的脸，洋次试探着问道："你是在怀疑我吗？"

"怀疑您？"加贺身体稍稍后仰，"为什么？"

"因为你对我调查得也过于细致了。且不说我们工厂的事情，你竟然还调查了我们的客户。"

"调查的时候必须干得彻底。这并不只是针对您一个人。"加贺的脸颊微微松弛下来，露出看上去并非装出的笑容。

"真的吗？"

"真的。"

既然都这么说了，洋次也不好再提出抗议。

"最后我还想问一件事。"加贺竖起食指。

"什么事？"

"您太太倒在盥洗室时穿的衣服您还记得吗？您说她穿着白色T恤和短裙裤。"

"我记得是这个样子。"

"这一点有些蹊跷。"加贺一边说，一边翻记事本，"刚才我说过，她和附近的一位主妇说过话。据那位主妇说，她当时穿的是鲜红色T恤。因为颜色鲜艳，那位主妇记住了，绝对不会错。然而她被杀时却换成了白色T恤，这究竟是怎么回事？"

洋次闻言，无意识地用双手摩擦起手臂来。空调并没有开得太凉，他却直起鸡皮疙瘩。"也许她回家后换了衣服吧。因为去了趟外面，出了汗。"

"但车里是有空调的吧？"

"那辆车已经旧了，"洋次说道，"空调好像也坏了。"

"是吗？那这个季节可很受罪啊。"

"这个嘛，虽说是坏了，但也不是完全失灵了。"洋次一边说着一边想道，净说些多余的话！

"红色T恤，"加贺说道，"当时跟其他要洗的衣服一起放进了洗衣机。看来她本是打算洗的。"

连洗衣机里面都调查过了吗？洋次想着，心情变得更阴郁了，但他没有表现出来。"我想是这样的。她出了汗，一定是。"他重复了和刚才一样的话。

"但是很奇怪。"

"什么？"

"将红色T恤和其他衣服混在一起洗，这样行吗？我觉得会染色的。"

"啊。"洋次张开嘴，正准备接着说什么，加贺已经站了起来。

"那么我就此告辞。"他点头致意后便出了门。

5

葬礼的第二天，洋次就去上班了。上司说他可以再好好休息一下，但他是自愿来到公司的。

"在家待着也只是难受。"

听到洋次这句话，上司也没有什么可说了。

洋次希望暂时不要让他办需要外出的事，他根本没心情向客户摆出讨好的笑容。当然，这个请求被接受了。

洋次一头钻进了一个叫金属材料室的房间。在这里进行的工作是分析客户提交的试验样品，即由洋次的工厂制造的机床生产的试验加工品。如果试验品是焊接品，就要截出它的横断面进行研磨，然后检验一番，检查焊接的状况如何、有没有缝隙以及金属组织的质量如何；如果是热处理品，就必须仔细查看物件的硬度分布等。这工作既劳神又死板，洋次却沉默不语地闷头干着。许多人在金属材料室进进出出，唯独他一直在那里。

他尤其频繁地对一些指尖大小的部件进行检查。这项工作并没有特别急迫的时间要求，但他大部分时间都埋头于此。没有谁对此说三道四。看他对着研磨机一丝不苟地研磨试验材料，又一声不吭地对金属组织进行显微镜拍摄,别人想对他说句话都要先犹豫一阵。

"田沼这段时间果真是有些奇怪啊。"

洋次开始上班的第二天,有人说了这样的话。

"无论什么时候看他都是在研磨金属,而且一句话也不说。"

"到底是受了打击啊。"

"孩子现在还没找到。"

"他自己应该也觉得找不到了吧?"

"可能是吧。反正我觉得有种不对劲的气氛,让人很难接近他。"

"他早上来得很早,我来的时候,他已经换好衣服了,回家也是最后一个。那可是义务加班啊。"

"说起来,我在更衣室里都见不到田沼。以前他还老是在这里闲聊的。"

"他这会儿怎么会有这种心情!真是太可怜了。"

两人说话的时候,田沼洋次仍待在金属材料室里。

6

案发一周后,八月八日,洋次正走在从车站回家的路上时,注意到身后有一辆车逐渐靠近,接着传来一声"田沼先生"。

他停住脚步回头一看,深蓝色的小轿车里,加贺的脸从驾驶座的窗户探了出来。"能坐上来吗?有个地方我一定要带您去一下。"

"什么地方?"

"到了之后您就明白了,"加贺打开副驾驶座一侧的门锁,"不会耽误太多时间的。"

"有关案子的事吗?"

"当然是了。"加贺猛地点头道,"来吧,请上车。"

洋次处在一种不得不坐的境地,只得来到副驾驶座一侧。

加贺发动了轿车。他换挡的动作很生硬,洋次心想这应该不是他的车。"今天真热呀!"加贺直视前方说道。

"热得受不了。"

"工作的地方没有空调?"

"办公室有空调,但我们的工作地点是工厂,只有移动式制冷机,风吹不到的地方凉不下来。"

"那可很难受啊。"加贺说着转动方向盘。

"加贺先生,请问……去哪儿?"洋次问道,一边留心不让自己发出不安的声音。

"马上就到了。"果然,不一会儿,加贺减缓了车速。看来他是准备找个地方停车了。

车最终驶进了一个宽广的停车场。一瞬间,洋次看穿了加贺的想法。他大口呼吸起来。

加贺停下了车，但并没有熄掉引擎。"时间也不会花很多，外面又热，我还是开着引擎吧，虽然让环境保护团体看见了恐怕要挨骂。"加贺一边拉起手刹，一边说道。

"为什么来这儿……"洋次说道。然而，他不用问也是知道的。

加贺似乎也看穿了洋次的内心。

"这没有必要解释了吧？"加贺的口气平稳又充满自信。

"什么事？我完全——"

"你儿子的——"加贺压过洋次的话。

洋次吸了一口气，看着加贺，但一碰到那锐利而又透着几分哀怜的目光，他马上背过了脸。

"你儿子的……"加贺再次说道，"尸体已经被发现了。"

洋次闭上眼睛。他开始耳鸣，仿佛远处传来大鼓的鸣响。这声音越来越大，剧烈地晃动着他的内心。

然而这并没有持续很久。鼓声消失，他的心中只留下一片苍白的虚脱感。他低着头问道："什么时候？"

"就在刚才。"加贺回答道，"你走出公司之后，其他侦查员马上进行了搜查。然后在更衣室，你的衣柜里……"

洋次感到全身的力气被抽走，似乎马上就要崩溃。他强打精神说道："是吗……"

"这一个星期里，经常有人监视着你。我们认为，你一定会去你儿子的藏身之所。回想案发当天你的行动，应该没有那么多时间，你不可能将尸体完全处理完毕。我们推测，你可能暂时将尸体藏在了一个地方，随后再慢慢处理。然而，你回来上班后几乎没有去过公司以外的地方。顺着这个思路，我回想起事发当天，你曾回过一次公司。我们得出结论，尸体一定是在公司的某个地方，而且是除了你没人能接触到的地方。"

"于是你们想到了更衣室……"

"我们很不安。在这个季节，把尸体往更衣室这样的地方放上一周，难免会腐烂发臭，不可能不被其他的职员发现，不是吗？"

"是啊。"洋次点头道。案发当天的那个时候，他想到的也是这点。

"但看了尸体，侦查员们似乎明白了，甚至感到惊叹。"

让警方惊叹也没办法。洋次想着，叹了一口气。

"树脂，没错吧？"

"是热硬化性树脂。"洋次回答道，"工作中经常会用到。"

"果然是技术人员，想法就是不同。"加贺摇摇头。

"这没什么大不了，是在苦苦挣扎中想出来的。"

"是因为用习惯了？"

"嗯，算是吧……"

热硬化性树脂具有经过加热便会硬化的性质。在加热前，它呈液体状，具有黏性，但一旦硬化，无论用何种溶剂都不能将它溶解，再次加热也不会熔化。洋次他们经常会在观察细小部件的金属组织时使用到这种具有特殊性质的树脂。他们用这种树脂将部件包裹起来，横截开准备观察的那一部分，再将截面进行研磨，用蚀刻法等方法对金属组织进行检查。之所以要用到热硬化性树脂，是因为如果部件太小，横截和研磨就会变得困难。

那一天——

洋次将裕太的尸体装进黑色塑料袋，回到了公司的更衣室，把尸体藏进衣柜。然后他走到仓库，往一个旧铁皮桶里灌满硬化前的树脂，滴入几滴特殊的液体，用棍子搅拌好。这种液体会和树脂反应发热，热量能使树脂就此凝固。

他提着糖浆状的树脂回到更衣室，面对被装在黑色塑料袋里的儿子，从头部开始浇灌。硬化过程花了好几个小时，但只要在表面覆盖上一层树脂，就足以暂时防止尸体腐臭。他后来又反复浇灌了两次，最终用三桶树脂裹住了裕太。

裕太被透明的树脂覆盖的样子，洋次至今记得清清楚楚。这段一生都无法忘却、如临地狱般的记忆，将会深深地烙在他脑中，而这也正是他必须接受的惩罚。

"你一直在怀疑我？"洋次问道。

"嗯。"加贺点头。

"果然是因为红色T恤吗？"

"这也是个原因，但从整体来看，你显得不自然的地方太多了。"

"比如说哪点？"

"你准确地记得裕太的穿着，说他穿着一件白底上印了绿色大象的衣服。我听到这话的时候，以为你并不是个将带孩子等家务事全交给妻子的人。当今世上的父亲，再怎么宠爱孩子，也很少有人能记住孩子衣服的图案。"

"啊。"洋次点头叹息，"这么说来，确实是这样。"

"然而第二天，你却在找相册的事上大费功夫。相册并没有放在什么特别让人意想不到的地方。我感觉到，之前并不是你的真面目，这样一来，记得裕太衣服上的图案就显得不自然了。于是我有了这样的猜测：说不定你知道裕太在哪里。"

"这样啊。原以为干得很漂亮，还是露出了不少破绽啊。"洋次的嘴角浮现出一丝笑意。从一旁看过去，无疑是副惨痛的表情。

"除此之外，房间被翻乱的样子也是个半成品。"

"半成品？"

"卧室衣柜虽然被翻乱了，其他房间的衣柜和物品却平安无事。一楼根本就没被动过。这些怎么看都不自然。再者，你说凶手把存折盗走也无法理解。这种东西，只要你通知一下银行就没用了。"

"那个衣柜,"洋次的话中混杂着叹息,"我也觉得不对劲。"

"那难道不是你干的吗?"

"不是的。"

"那么将你儿子放在二楼睡觉的又是谁?"

"那也不是我。"

"那么是你太太了?"

"是的。"

加贺闻言陷入沉思,眉间皱纹的深度表现着思考的缜密程度。很快他抬起头,表情中混杂着些许吃惊。"这么说,是你太太先演了一场骗局?"

"正是这样。"

"所以,将微波炉和录像机上的时钟清零、让断路器跳闸的也是你太太?"

"她是个蠢女人。"洋次甩下这么一句。

那个灼热的午后重现了。

7

那天下午三点半,洋次顺道回了趟家。早上他就打电话告知美枝子,有件东西落在了家里,三点左右会回家来取。

洋次回到家，并不见美枝子的身影，裕太也不在。空调似乎被关上了，整个屋子异常闷热。他觉得不对劲，走到盥洗室一看，美枝子正倒在那里，而且后门被打开了。

他大吃一惊，晃了晃她的身体，她很快就醒了。

"啊，老公……"面无血色的她说道。

"怎么了？"

"刚才，嗯……我的脑袋被人打了一下。"

"什么？"洋次环视四周，"被谁？"

"我不知道，我一直对着洗衣机。因为洗衣机声音大，后门被打开我都没有察觉。"

洋次慌忙看了一下她的后脑勺。没有出血，但这并不意味着不严重。他知道头部受伤有多么可怕。

她的衣服没有被弄乱。知道凶手并没有把她怎么样，他稍微松了一口气。

"别动。我马上给医院打电话。"他一边撑起妻子的身体，一边慢慢将她靠向墙壁，"不，还是先报警的好。"

"先不说这个，裕太呢？"

"裕太？"被妻子这么一问，他想起了儿子，感到一阵惊慌。他再次将目光投向四周。"在哪儿？"

"我把他放在二楼睡觉了。"

"二楼？为什么？"

"他玩着玩着就睡着了,所以我打开了旁边房间的空调,给他盖了毛巾被。"

"你等着!"

洋次脚步慌乱地跑上楼梯,满脑子想的都是袭击了妻子的凶手会不会也加害裕太。

二楼比一楼还要热。热气沉积下来,一切看上去都飘忽不定。

裕太就睡在这里。毛巾被下,他看上去软弱无力。

匆匆抱起裕太的瞬间,洋次就明白事情已经到了不能再坏的地步。幼小的儿子没有了呼吸,脸上和身体都没有生命的气息。

不知什么东西从他身体里面涌了上来。他张大了嘴,却没有喊出声音。浑身的气力似乎都被抽走,光是站着就很不容易,只有呜呜的呻吟声从他腹部发出来。

洋次抱着裕太走下楼梯,腿已经软了。他一边下楼一边看着一动不动的儿子。闭着眼睛的裕太就像是个人偶,苍白的皮肤仿佛是合成树脂做的。

美枝子正在楼梯下面等着,恍惚地看着洋次。洋次心想,她一定是因为担心裕太,动都动不了了。

"怎么样了?"或许是预感到事态不祥,她声音颤抖。

"叫救护车……"他说到这里就没声了,因为口中异常干燥,

"快叫救护车！"

美枝子睁大了眼睛。

"裕太！"

她走近前来，抢夺一般从洋次的手中接过裕太，充血的眼睛里啪嗒啪嗒地掉下眼泪来。

"啊，裕太，振作点！振作点！求你了，睁开眼睛吧！"

这正是一副痛失爱子的母亲的样子。洋次一边为自己悲叹，一边又想到她的悲痛，胸口更加沉重。

"现在情况还不清楚，轻轻放他躺下。我打电话给医院。"

他开始找电话。

家里用的是无绳电话，主机在二楼，一楼应该放了一部分机。他找着找着，汗水流进了眼睛。直到这个时候，他才发觉汗水像瀑布一样流了一身。

他心想，为了裕太，也要先让屋子凉快下来。可是为什么会这么热？空调没用了吗？

他抓起遥控器，对着挂在餐厅墙上的空调按下开关。但空调完全没有反应，反复按了几下还是一样的结果。

他猛然反应过来，走向盥洗室。盥洗室的门上方安着配电盘，打开盖子一看，果然如他所想，主电源的断路器跳闸了。"可恶！"

他合上断路器。

这一定是凶手弄下来的，虽然不知道目的是什么，或许是出了什么状况，但夺走裕太生命的确实就是这个行为。愤怒和憎恨让他浑身颤抖起来。

和式房间里，美枝子还在哭，肩膀微微抽动。

电话分机掉在了和式房间的一角。他拿起分机。在按下一一九①之前，再次走到裕太身边。

"不行了吗……"

美枝子无言以对，流下的眼泪沾湿了榻榻米。

裕太一动不动。

他抱住妻子的肩膀，找不到能对她说的话。

"老公……"她朝他靠过来。

洋次注意到某个情况，正是在这个时候。

这是一个让人再厌恶不过的想法了，而他在这个状况下还能发觉，本身就可以说是不可思议，或许只有身处极限状态时才不会忽略那些细微的破绽。

洋次推开了美枝子。

她还在哭。

对着哭成这样的妻子，他发问了：

"你又跑到那儿去了吗？"

---

①在日本，119既是火警电话，也是急救电话。

8

"我发现美枝子在对我撒谎,因为我发现了一个情况。"洋次语气平淡地继续道,"可以说是直觉吧。我忽然醒悟了,那个女人究竟做了件多蠢的事。"

"她本人承认说谎了吗?"

"她嘴上没有承认,但是看她的表情,我觉得无论怎么迟钝的人,都能发现她在撒谎。"

或许那些谎言对她来说分量太重了。她几乎就要撑不下去,却还是在拼命地表演,所以一听到洋次那句话,她就再也支撑不住了。

"她真是个蠢女人。人愚蠢,还死要面子,所以犯下那么令人难以启齿的严重错误,对我当然不会说实话。于是她就演了那么一出荒唐戏,说什么自己被强盗袭击了,强盗临走前还扳下了断路器,所以空调也不转了——想要用这种剧情敷衍过去。正如你说的,只有衣柜被翻乱很不自然,可能是想到我马上就要回来,她慌了吧。弄出存折被抢走的假象也是个笑柄,脑子不灵便的女人干什么都不行。存折我现在还没找到,或许是被她烧了。"

"因为她干了蠢事,你就掐她的脖子吗?"加贺不带感情地问道。

沉默一阵之后,洋次摇了摇头。

"我不知道。或许并不是这样。如果我是她,可能也会隐瞒因为自己的愚笨而失去儿子的事实。造成这件事的直接原因在美枝子,我对她心怀恨意也是事实。"

洋次回忆起双手拇指嵌进美枝子喉咙的触感,还有即将掐住她时她那怯生生的表情。但她并没有剧烈地反抗,或许她也觉得自己理应被杀死,而洋次心中也根本没有涌起半点悔意。

"杀了妻子之后,接着就是你演的一场戏吧?"

"真是愚蠢。我也自知如此。"洋次苦笑道。这副表情并非装腔作势。"你只管笑吧。我第二次回家的时候,还做出了呼喊美枝子的名字、来回寻找的样子。我当时想,或许外面有人会听见我的声音,或许有人正从窗子外面向里偷看。我小心翼翼地'发现'美枝子的尸体时,还做出了浑身瘫软的样子。"

"但跟你太太演的那场戏不同,你把儿子藏起来了。"

"我心想,只要调查了尸体,真相就会浮出水面。"洋次耸起肩,摇摇头,"不管门窗关得如何严实,仅仅是睡在我家二楼,并不至于轻易就得上热射病或脱水,对吧?"

"也不能说完全没可能,只是看上去不自然。"加贺说道。

洋次忽然心生疑惑。"裕太的死因,你们已经调查过了吗?"

"怎么可能，这是接下来的事。"加贺微微露出笑意，又马上板起面孔，"但可以预想是热射病，所以我带你来了这里。"

"你们是怎么知道真相的？"

"这个嘛，要说想象也只能想象到这个地步。"加贺擦了擦鼻子下面，"那件红色T恤成了线索。"

"果然……"

"你也是这么想的吧？"

"嗯。"洋次点点头，"穿着那件T恤的美枝子向我靠过来的时候，我立刻明白她在撒谎。所以杀了她之后，我想她的衣服会让警察发现真相，就给她换了一件白色T恤。给死人穿衣服可是很受罪啊。"

"因为红色T恤上面沾着烟味。顺便说一下，你太太的头发上也有。"加贺说道，"尽管你们两个人都不吸烟。"

洋次闻言，回过头看着加贺，同时想起，来找相册借相片的时候，加贺问过有没有烟灰缸。

"加贺先生……你，吸烟吗？"

"不吸。"加贺微笑着答道。

"是吗。所以当时那盒烟也没有拆封。"

洋次终于明白，那个时候加贺就已经抓到了把柄。这是一出从一开始就演得不高明的戏。

"你太太每天都开车出门的证言也是线索。一个不吸烟的人，身上却沾了那么浓的烟味，她能去的范围也就锁定了。我们一打听，有消息说你太太经常来这家店。"加贺看着眼前的建筑。

"真丢人。"

"你太太那天也来了这里。知道了这一点，我们就推测行踪不明的裕太一定出了事。"

"热射病吗？"洋次说道。看到加贺轻轻点点头，他又一阵苦笑。"那种事情，现在谁都能够想到，那已经成了很大的社会问题。尽管如此，还是有人会犯下那种过错……"

他将手伸向空调开关，关掉制冷，送风口里出来的风立即变成了暖风，接着他又关掉了暖风。他知道车内的温度正在上升，透过玻璃射进来的阳光将里面的一切都加热了。他感到汗水正从全身上下冒出来。

"真难受啊。"加贺小声说道。他的额头也浮出了汗珠。

"这是炎热地狱。"洋次将空调的开关复位，"在这种地方，就算是大人也会死掉。"

"你说过你的车空调并不好使。"

"确切地说，是引擎不行了。如果开着空调让引擎空转，时常会停下来。"

"这个故障你太太……"

"她怕是不知道吧。"

至少他是愿意这么认为的。

"我想问你最后一个问题。"加贺说道,"放在梳妆台抽屉里的所谓十万元生活费……"

洋次擦擦脸,目光转向前方。

"我不知道。我发现的时候只有一万元了,或许她把钱扔到那儿去了。"

他说完,下巴朝眼前的建筑努了一下。

"你太太到底是被什么迷惑住了呢?"

"怎么说呢,对她来说,怎么样都无所谓。总之,只要是个能逃避现实的地方就行。"

"现在你应该明白了。"

"是的,我以前不懂。我本该成为她逃避的场所的。"

洋次随后说了句"我们走吧"。华丽耀眼的霓虹灯被抛在后面,车驶出了停车场。

第二个梦想

1

这个对楠木母女而言非常重要的日子就要开始了。

真智子和往常一样,陪理砂一起乘上电梯,下到公寓底层。若在平时,两人会一起走到车站,但今天,真智子只是在公寓门口目送女儿。

"再见,加油哦!"真智子说道。

"嗯。妈,到时候你一定会来看的吧?"

"我是这么打算的。"

"一定要来哦!"说完,理砂朝车站迈开步子。

真智子怀着祈祷的心情目送女儿娇小的背影,这份祈祷里糅杂了许许多多的愿望。往昔的那些日子就像录像带快进一样开始重现,到了那些印象深刻的画面,镜头就会暂时停顿一下。她希望这段影像还没出现的结尾会是幸福的。

一旁的药店里走出一个抱着白猫的老妇人。她一见理砂,眼睛就眯成了一条缝。

"哎呀,都星期天了,还要出去吗?"

"今天有比赛。"理砂回答道,"汤姆听话了吗?"

"嗯,总算是调教好了。"

汤姆就是老妇人抱着的那只金吉拉波斯猫。猫是从这周开始寄养在她家的。真智子和理砂第一次见到这只猫是在星期三的早上。当时见到这只漂亮又可爱的猫,两人都惊呼着接过来抱了抱。

理砂在猫的头上摸了几下,对真智子摆摆手,重新迈开了步子。

看着理砂的身影渐渐消失,抱着猫的老妇人朝真智子走了过来。

"理砂这孩子真坚强啊,发生了那种事都挺得住。"

"我想她还是在意,但看来她试图不让自己想那件事。"

"是呀,这就好了。想得太多了,可能身体就会不听使唤了。今天可是个重要的日子吧?"

"嗯。"真智子微微点了点头。

"你最好也趁早把它忘了吧,虽然这不容易。"

"我也想这样。"真智子勉强地笑了笑。

她心里巴望着这老太太不要好奇地问这问那。显然,老妇人对此并非毫不关心。然而比起邻近公寓里发生的案子,她看上去更在乎那只一动不动、舒服地待在自己臂弯里的猫,和蔼的眼神一直向着它。

"小汤姆要住到什么时候?"真智子问道。

"住到明天。它主人马上旅行回来了。"老妇人的声音里透着一丝遗憾。

"那就寂寞了。"

"是呀。它一天比一天可爱,我倒希望他们能再悠闲地旅行一阵子。"

"是啊。"

真智子得到允许,摸了摸波斯猫的头和背,转身走回公寓。

回到家中,真智子坐在餐厅的椅子上,盯着放在橱柜上的钟。那是十二年前一个朋友送的结婚礼物,表盘上描绘着纤巧的花朵图案,指针指向九点二十分。

真智子想着该几点钟出门。不能去得太早了,那会给理砂添乱,但看比赛去迟了也不好。

今天就是我们母女重新出发的日子,真智子想道。以今天为界限,一切都必须改变。

为此,如果不尽快收拾那些麻烦事——

真智子回想起了四天前的晚上,她像现在这样盯着钟。对她来说,那是个噩梦般的夜晚。

85

2

那是星期三。天气始终是眼看就要下雨的样子，但到了晚上还是没下。

大约在真智子打电话报警的七分钟后，最近的派出所里跑来两个穿制服的警察。然而即便他们来了，事态也没有发生多大变化。他们给她的指示是"请您等着，不要动"。

又过了几分钟，从辖区警察局来的刑警到了。面相冷酷的男人、一脸老谋深算的男人、眼神锐利的男人，各种各样的男人都带着刑警特有的气息，看上去让人毫无可乘之机。光是看着他们，真智子就觉得身体失去了几分知觉。她无法做出冷静的判断，惶恐不安。

"尸体在哪里？"

这是一开始被问到的问题。真智子记不清是个什么样的刑警问的，他们并没有自我介绍，也没有解释接下来要干什么。

"在里面的房间。"

真智子回答的时候，已经有几个男人脱下鞋走进了屋子。

"把这位夫人带到外面去。"

不知谁这么一说，就有人把真智子带到外面去了。她感觉到背后有刑警们在房间里来回走动的气息。在室内会进行怎样的调查？想到这里，她莫名地不安起来。

很快，其中一个人走出屋子，朝真智子走来。这是个身形高大、目光锐利的男子。他或许跟自己同岁，也可能稍微大一点，真智子想道。她今年已经三十四岁了。

男子掏出记事本，告知了姓名。他是练马警察局的刑警，姓加贺，声音低沉但洪亮。"楠木真智子女士……对吗？"

"是的。"

"请您来这里一下。"

真智子被加贺带到楼梯旁边。近旁的房门开了，一个中年女人探出脸，然而一对上刑警的目光又马上缩了回去。

"请您尽可能详细地说说发现尸体时的情况。"加贺说道。

"那个……从哪儿开始说好呢……"

"从哪儿开始都行。想到的东西请尽管说出来。"

真智子点点头，先做了个深呼吸。

"我下班回来，正打算开门，发现它已经开了。我想女儿会不会已经回来了，走进去一看，发现屋子里已经变成了那个样子……"

"那个样子是……"

"就是……被翻得乱七八糟。房间乱成那样，十分反常。"

"哦。然后呢？"

"我觉得奇怪，就走进里面的房间。"

"里面有和式房间和西式房间。你先进去的是哪一间？"

"和式房间。进去之后……"

"发现倒着一个男人的尸体？"

"嗯。"真智子点头道。

"那之后呢？"

"我马上就打电话报了警。"

加贺在记事本上记了什么，盯着记下的东西陷入沉默。这沉默令人不快。看着他皱起的眉头，真智子不安起来，生怕自己说了什么让人起疑心的话。

"窗户是什么情况？关着的吗？"

"我想是关着的，但是记不清了。"

"这么说，您没有走到窗户近前？"

"是的。打完电话之后，我就一动不动地待在餐厅里。"

"您在和式房间里发现尸体后，没有碰过其他东西吗？"

"是的。"真智子答道。

"您回来的时候大约几点？"

"我想是九点半左右。"

"您是什么时候、通过什么方法确认时间的？"

这个刑警连细枝末节都要问。看着他的嘴角，真智子想起了他刚才说的那句"尽可能详细"。

"我走到公寓门口的时候，不经意看了一下手表，而且打电话报警之后，我也是一直盯着钟看。"

"那之后有没有电话打过来，或者您有没有给别人打过电话？"

"没有。"

加贺点点头，看了一下自己的表。真智子也跟着看了看左手上的表，十点刚过。

"您先生呢？"

真智子轻轻摇了一下头。"已经离婚了，五年前。"

"哦。"加贺轻轻吸了口气，"现在还和他联系吗？"

"能联系上，但基本不怎么联系。那边倒是时不时会打电话过来，说是想听听女儿的声音。"

跟这件事有什么关系？真智子心想。

"您有女儿吗？那其他孩子呢？"

"只有一个女儿。"

"叫什么？"

"理砂。料理的理，砂石的砂。"她说道。

"多大了？"

"十一岁。"

"现在好像不在。去补习班了吗？"

"不，我送她参加了一个体育俱乐部。她应该马上就回来了。"她又看了一下手表。女儿的训练时间是晚上七点到九点半。

"这么晚啊。她在学什么特殊的体育项目吗?"

"体操。"

"体操?是器械体操吗?"

"是的。"

"哦?这可——"加贺似乎想再说些什么,又没能想出要说什么。真智子一说她女儿在学器械体操,一般人都会有这种反应。"这么说来,是您一个人在抚养女儿了?"

"正是这样。"

"不容易啊。嗯,您的工作是什么?"

"我在附近一家会计师事务所工作,每周还在舞蹈学校教三次课。今天就是教课的日子,所以回来晚了。"

"每周哪三天?"

"周一、周三、周五这三天。"

加贺点点头,在记事本上记下。"嗯,那么——"加贺抬起头,拇指指向身后真智子的家说道,"这位叫毛利周介的先生,和您是什么关系?"

忽然听到毛利的名字,真智子吓得睁大了眼睛。

"我们从他的驾照得知了他的身份。"加贺说道,似乎看穿了她的心思,"从他的名片上,我们也知道了他在哪儿工作。应该是负责一家商场的店外销售吧?"加贺再次问道,"您和他是什么关系？还是不认识他？"

"不，我跟他很熟。确切地说，"她想用唾液润润嗓子，口中却干巴巴的，她无奈地说，"我跟他关系很亲密。"

"也就是说，您和他正在交往？"

"是的。"她回答道。

"什么时候开始的？"

"我想……半年前吧。"

"他经常来您家吗？"

"是的，时不时就来。"

"今天也是说好了要来的吗？"

"不，我没听他说过。一般他都会预先约好再来，但也有不少时候会忽然出现。"

"这样啊。"或许加贺想从真智子的表情上读到些什么，直勾勾地盯着她的眼睛。她禁不住加贺的目光，视线投向下方，忽然想道，现在的自己在别人看来应该是个失去了心上人的女人，这个时候是不是该流泪？或者应该陷入一种半疯狂的状态？然而她都做不到。她做不出那种表演。

"你们订婚了吗？"

"没……"实际上，真智子从没想过要和毛利周介结婚。

"您把屋子的钥匙交给了毛利先生吗？"

"是的。"

"您女儿也有钥匙吧?"

"嗯。"

"还有其他人有钥匙吗?"

"没有了。"

"租房时,一般房客只能从房主那里拿到两把钥匙。您是又配了一把吗?"

"给他的那把钥匙是大约三个月前配的。"

"还记得配钥匙的那家店吗?"

"记得,就是附近的配锁店。我的通信录上记着那里的电话号码。"

"稍后请告诉我们。"加贺在本子上记录着。"那么,"他说道,"对这次的案件,您有什么线索吗?"

"线索……吗?"

真智子努力思考起来。她想要回忆起和毛利周介的最近一次谈话,凶手的蛛丝马迹或许就藏在对话里,但她什么都想不起来。最后才发觉,她这阵子并没有和他认真说过几句话,两个人口中传递的都是没什么意味的空洞台词。

她别无他法,只能摇头。"什么都想不起来。"

"是吗?不过这个时候强迫您想出什么,的确不太合适。"加贺说道。这话是不是在安慰她,真智子不得而知。

就在这个时候,走廊一头的电梯门打开了。这幢公寓一共有七层,这里是三楼。

从电梯里走出来的是理砂。她穿着运动服,肩上挎着小运动包,一头长发扎在脑后。似乎注意到周围的气氛和平时不一样,她站在那里,露出疑惑的眼神,但很快便朝真智子走来。或许是看见真智子和一个陌生男子在一起,她一脸警惕。

"这是您女儿?"似乎是注意到母女俩交会的目光,加贺问道。

真智子回答:"是。"

"那么,能由我向您女儿说明一下案件吗?或者您自己跟她说?"

"我来吧。"说完,真智子向女儿靠近。理砂站在那里,盯着母亲的脸。

真智子做了个深呼吸。

"那个……家里好像是进窃贼了。"

理砂并没有立刻反应。她脸朝向母亲,只有一双黑眼珠左右转动,最终小声说:"啊?"

"窃贼。而且,那个毛利叔叔你知道吧?他呢……"

接下去该怎么说才好,真智子犹豫了。她想找一个刺激性比较弱的词,却想不出来。

在她欲言又止之际,理砂发出疑问:"毛利叔叔怎么了?"

"嗯,那个……毛利叔叔他……被杀了。"她尾音颤抖。

93

即便说到这里,理砂的反应依旧迟钝。真智子以为她或许没有听清楚。

这时,理砂开口了:"是这样啊……"

她并没有显出特别震惊的样子。对如今的孩子来说,或许这种程度的事情不会让他们感到吃惊,真智子想道,还是她觉得没有真实感?

理砂感到有人站到了背后。

"听说你去体育俱乐部了?"加贺问道。

理砂睁大眼睛看着加贺,干脆地点了一下头。看来他没有必要说明自己是刑警了。

"什么时候从家里出门的?"

"早上出的家门,就再没回来过。"

"再没回来?"

"放学之后,我就直接去俱乐部了。"

"那么现在是你今天第一次回到家了?"

"是。"理砂答道。

"平时大都是这样的。"真智子在一旁补充道。

加贺沉默地点点头。

真智子家的门被打开,另一个刑警探出头来。

"加贺,能让夫人来这里一下吗?"

加贺朝年轻刑警轻轻抬了抬手。"可以吗?"他向真智子问道。

"好的。"真智子虽这么回答,但有件事放心不下,"那个……我女儿……"她想说,如果可以,请不要让女儿看到尸体。

加贺应该是察觉到了。他对年轻刑警交代道:"你在这里向这个女孩问问情况。"接着又转向真智子。"那么,拜托了。"

3

真智子和理砂的家是两室一厅的格局,进门是一个餐厨两用厅。真智子本是个很爱干净的人,但现在那些原本放在餐桌上和橱柜里的东西几乎全散落在地板上,有的被摔碎,有的弄脏了地板。唯一毫发无损的是那个被友人当结婚礼物送来的时钟。

餐厅深处有两个六叠大小的房间,右边是西式房间,左边是和式房间。西式房间敞开着门,这里已经成了理砂的专用房间,里面放着小床、书桌和书柜等物品。一个刑警正在里面走来走去。

和式房间和餐厅被一扇推拉门隔开,但现在门被取下,立在水槽前。门上糊的纸残破不堪,门框也有一部分被折断了。

房间的墙边并立着两个衣柜,因此房间又窄了一些。真智子睡觉的时候，被子是从壁橱里拿出来的。在给理砂买床以前，母女俩总是铺上两床被子，亲密无间地并排而睡。

衣柜的抽屉基本上都被打开了，里面的东西也被翻了出来。真智子很喜欢的裙子的裙摆一直垂到榻榻米上。不仅如此，墙上的镜框掉了下来，玻璃碎了一地。一眼看去，房间像是被谁歇斯底里地乱闹了一气。

和式房间接近正中央的地方，有一大块被蓝毛毯盖住的东西。真智子知道，那里面是手脚蜷缩的毛利周介。

一个刑警一直低头凝视着榻榻米，或许是在寻找凶手的遗留物。当然，他也可能另有目的，但真智子并不知情。

指挥侦查行动的是一个瘦削且满脸皱纹的男子，姓山边。"对于这次的事情，我们深表同情。"山边一脸无法捉摸的表情。

真智子沉默地垂下目光，脑中又闪过那个想法：这个时候是不是哭出来比较好？

"想必你现在一定心烦意乱，但为了早日抓住凶手，请务必协助我们。"

"好……请问，要我干什么……"

"首先，请你清点一下有没有什么东西被偷走，因为也有盗贼入室的可能。"

"啊，好的。"虽然这么回答了，但到底该清点什么，她没有半点主意。这个屋子里没有什么可偷的东西，这一点她十分清楚。她向来不喜欢把过多现金放在家里。即便如此，她还是决定看一下衣柜的抽屉，盘点一下那些羞于让刑警看见的首饰物件。她脑中萦绕着山边的那句话——"也有盗贼入室的可能"。如果不是盗贼，他们又会怎么想呢？

"怎么样？"加贺问道，"有什么异常状况吗？"

"没有。"她一边回答一边合上抽屉。然后，她慢慢走近梳妆台，打开了最下面的抽屉，轻轻地"啊"了一声。

"怎么了？"

"存折没了。原先放在这里的。"

"印章呢？"

"不在里面。"

"银行名、支行名和账号还记得吗？"

"记得。"真智子从钱包里取出借记卡，将上述信息告诉了加贺。他飞快地记了下来。

这时，另一个刑警走了过来，小声对山边说了什么。山边轻轻点头，看着加贺叹了一口气。"警视厅的人总算到了。"

加贺闻言，看了看真智子，露出一副充满歉意的表情。"我想他们还会找您问同样的话，请多包涵。"

"没关系。"

就算是几十次、几百次，我也只会说同样的话，真智子心想。

从警视厅来的中年刑警是个说话时喜欢反复确认的男人。不仅如此,他擅长从各个角度进行询问,这是他的得意之处。

"我再确认一下,你从会计师事务所出来的时间是下午五点左右。之后,你顺路到过书店和商场等地方,到达舞蹈学校是晚上七点左右。然后教完课,九点过后从舞蹈学校出来,到家的时候是九点半左右。这些都没错吧?"

"我想不会错。"

"舞蹈学校在车站前面。你说是徒步到那里去的。"

"是的。"

"你说会计师事务所上班的时间是早上九点到下午五点,其间你完全没有出去过吗?"

"平常有时会出去,但今天没有。你问问事务所的人就知道了。"

"在舞蹈学校呢?也没有中途出去的情况吗?"

"没有。"

"确确实实?"

"确实。"

"这么一来,问题就出在五点到七点这段时间了。你一直是一个人吗?也没有和谁打过手机?"

"一直一个人,也没打过电话。"

"如果你能想起顺路去过哪里的商店,对我们来说很有帮助。"

"这些我都记不太清了,因为我当时走路时脑子里空荡荡的。很可惜没有不在场证明。"

"不,我们并没有什么怀疑你的意思。"

这个姓本间的刑警的话让真智子摸不着头脑。如果不是在怀疑,为什么要将五点到七点之间没有不在场证明说成是"问题"?

墙边小桌上的钟指向十一点半。他们要待到什么时候?她坐在餐桌旁,一边应付刑警一边想道。

"那么,你看见过这个吗?"本间在她面前拿出的是一张快递公司的取件通知单,"就掉在门口那里。"

"没有,没见过。"

这张通知单是快递员在晚上七点左右过来时,发现主人不在而写下的,以告知物品已被拿回快递公司保管。快递是以前的女同事寄的。她刚从欧洲旅行回来,前几天打来电话,说要寄些纪念品。真智子将这个情况告诉了本间。

"就在刚才,我们给快递公司打电话确认了。快递员七点十分左右来到这里,按了门铃没反应,门也上了锁,所以他把取件通知单夹在门缝里就回去了。"

"那一定是他打开门进屋的时候掉下来的。"这里说的"他"便是毛利周介。

"可能是这样吧。但是,"本间目不转睛地看着真智子说道,"也可以说,快递员来这里的时候,毛利先生已经被杀了。"

"可是那时大门已经锁上了呀。"

"据快递员所说,确实如此。"

"我回来的时候,锁已经被打开了。那会是谁开的门呢?"

"可能是凶手吧。"说完,本间微微撇了撇嘴,"在犯下罪行后,藏在室内的凶手开门逃走了。"

"这样的话……"说到一半,真智子便住口了。

"怎么了?"本间问道。

"没,没什么。"她含糊道。

此时她想说的是,这样的话,凶手一直到七点过后都在屋子里。也就是说,如果自己有了七点左右的不在场证明,那是不是可以说明自己不是凶手?但她又注意到这么说会引来怀疑,所以打住了。

现场取证结束时,已经接近十二点了。基本上所有的侦查员都已撤走,但练马警察局的加贺还在。

"今天晚上您打算怎么办?"他问道。

"什么意思?"

"您打算在这屋子里睡吗?"

"啊……"在一个躺过尸体的屋子里睡觉,真智子确实不乐意,再加上还有个孩子,当然不能这么办了。

"池袋那边有平价的商务旅馆,要不要我去问问?"

"可以吗?"

"不用客气。"

加贺当即用手机订好了房间,又说要把真智子和理砂送到旅馆。真智子执意推辞,但加贺并不罢休。"我是开自己的车来的,而且回家也顺路。"

"这样啊……"推辞太过坚决会显得可疑,想到这里,真智子便接受了加贺的邀请。

真智子母女被请进的是一辆双门的黑色轿车,她并不知道是什么牌子的。

"问了许多问题,真难为您了。"加贺一只手把着方向盘。

"与其说是难为,倒不如说是把我弄糊涂了……我有些累。"

"第一次侦查至关重要,所以我们不知不觉就怠慢了。"

"唉,那也是没办法,但我总有些……"她说到这里闭了口。

"好像受到了怀疑,不高兴是吗?"

加贺的话让真智子不由得看了一下他的侧脸,她感到自己的内心想法被说中了。

"我们也不是没有根据的。按照侦查的流程,首先应该把第一发现人或者和被害人关系亲密的人调查清楚。您要是明白这个道理,那就太好了。"

"而我,这两方面的条件都满足。"

"嗯,是这样。但我想,几乎没有侦查员在怀疑您。"

"为什么?"

"原因我不能明确透露,"他预先表明立场,"但您知道毛利先生的死因吗?"

"不是很清楚。只是隐约听到说是被绞死的。"

"没错,他是被绳子一类的东西套在脖子上绞死的,而且能看出勒得很用力。绳子的印痕很清晰地留在了脖子上。"

"他没有反抗吗?"

"似乎是反抗了,因为他指甲里嵌进了一些绳子上的物质。只要详细调查,应该能判断出是哪种绳子。先不管这一点,毛利先生进行了抵抗,最终却仍被绞杀,这说明凶手所用的力气很大。毛利先生看上去很健壮,而且观察室内的情况,应该发生过激烈的冲突。这么一来,像您这样身材小巧的女士要犯下罪行恐怕很难——大多数侦查员都是这么想的。"

"加贺先生,你怎么看?"真智子试探道。

"我自己吗?"加贺直视前方,沉默了片刻。面前的信号灯正好变成了红色。当灯变绿时,加贺开口了:"凭您的力量,想要把毛利先生绞死,应该不可能。"

让真智子十分在意的正是这种拐弯抹角的说话方式,但她不打算对此提出问题。

"舞蹈学校的课程结束后,您洗过澡吗?"加贺问道。

"没有。"真智子一边回答,一边思索他为什么要这么问。

"是吗。那么到了旅馆之后,您还是洗个热水澡吧,马上就能睡着。"

"我会的。"

"您长期以来都在跳舞吗?"

"从我读短期大学的时候就开始了。"

"那差不多可以说是贯穿您的职业生涯了。您小时候就梦想当舞蹈演员吗?"

"舞蹈演员,"真智子舔舔嘴唇继续道,"是我的第二个梦想。"

"第二个梦想?那第一个梦想是什么?"

听到加贺的问题,真智子陷入沉默。

加贺似乎将她的沉默理解成了别的意思。"对不起,这种时候多嘴了。"

"没什么……"

她的第一个梦想是成为奥运会体操运动员。她心想,要是这么说了,这刑警会露出什么表情?她还是保持了沉默。

"您女儿睡着了吧?"

被加贺这么一问,真智子回头看了一下后排的座位。理砂并没有睡着。她靠在座椅上,看着母亲。真智子与她目光交会,慢慢地眨了一下眼。

4

案发第二天早上,真智子和理砂一起在旅馆的咖啡厅吃了早饭。理砂已经做好了去上学的准备。

"身体怎么样?没有受伤吧?"看着正往嘴里送火腿鸡蛋的女儿,真智子问道。

"嗯,好着呢。"理砂答道,"妈妈呢?睡得好吗?"

"不用担心妈妈。你昨天晚上睡着了吗?"

"嗯,睡着了。很久都没睡得这么香了。"

"这样就好,那这个星期天没问题吧。"

"嗯,包在我身上。"理砂笑着咬住了吐司面包。

昨天发生了那样的事情,现在却似乎完全不记得了。她究竟是怎么调整好心情的?真智子觉得自己和女儿就像完全不同的生物。

理砂的笑脸忽然阴沉下来。她刚才好像看了一眼咖啡厅的入口处。真智子把脸转向那里,发现加贺正朝她们走过来。

"果然在这里啊。给您房间打了电话,但没人接。"

"你真早啊。"真智子话语中暗含讽刺。

"我想趁您女儿去学校之前到这里。"加贺看着理砂说道。

理砂没有看他，只是把汤送到嘴边。

加贺指着她们那张圆桌旁的一把空椅子。"我能坐这儿吗？"

"请吧。"真智子答道。她本来就不足的食欲现在已经完全没有了。

"昨晚稍微休息了一下吗？"

"没怎么睡着，但我尽量没去想那件事。"

"是吗？那就好。"加贺点点头，目光再次投向理砂。"我还以为你今天会向学校请假呢。"

"我不能让这孩子一个人待在旅馆里，而我这边又有很多事必须做。"

"确实如此。"

加贺看样子是明白了。理砂仍然保持沉默，嘴巴咀嚼着，没有要看加贺的意思。

服务员拿来菜单，加贺点了一杯咖啡。

"已经有两三件事得到确认了。"他说道。

"什么事？"

"也是刚刚才知道的。听说昨天晚上，准确地说是下午五点半到将近七点之间，您家房子前面进行过电力施工。"

"施工？"

"据称是维修施工。您不知道吗？公寓管理员说，注明维修事项的通知单已经塞进您家的信箱了。"

"我可能看过,但不记得了。"

这是事实。那幢公寓很破旧,经常会进行维修。如果要对此一一留心,那就如同陷入无底洞。

加贺把脸转向理砂。"小姑娘,你不知道屋子外面施工的事吗?"

"那个时间段,我不在家。"理砂低着头回答道。

"啊,是啊。你说过你从学校出来就直接去了体育俱乐部。"加贺确认般地说道。

理砂一语不发。

"那项施工有什么问题吗?"真智子问道。

加贺转过脸来看着真智子。"据施工负责人说,在施工过程中,您家中既没有人出来,也没有人进去。那么,不论是凶手还是毛利先生,出入您家的时间要么是施工开始的五点半前,要么是施工结束的七点后。所以我想问的是,至今为止,毛利先生有没有在五点半之前那么早到过您家?"

"不,这个……"真智子思考片刻后说道,"从来没有过。再说他白天也是个大忙人。"

"有没有星期三例外之类的情况?"

"没有,这种事情……"

"没发生过吗?"

"是的。"一阵能让脚底发抖的惶恐感在真智子胸中扩散。

加贺拿出记事本，想要确认什么似的翻看起来。他在一页上停住了手，出神地凝视着。不知道上面记的是什么，但这情形让人害怕，真智子心想，这或许是对嫌疑人进行心理攻击的一种手段。

服务员把加贺的咖啡拿了过来。加贺仍将目光落在记事本上，不加糖就直接喝了。

"毛利先生的随身物品中，有一个日程计划本，上面记下了他的工作安排。根据这个安排，毛利先生每周三因为工作要去某家餐馆一趟。我们也向那家餐馆的人确认过了，他们说他每次两点左右到，四点左右回去，昨天也是如此。问题在于那家餐馆与您住的公寓非常近，开车只要几分钟。正常情况下，恐怕他会走上那么近的一段路，去和心上人见一面吧？"

"他应该知道我白天不在家。"

"但会计师事务所的工作五点结束。您上班的地方离家很近，出了门，五点二十分左右就能回到公寓了。舞蹈学校的课七点开始，也是在步行距离之内。至少你们能有一个小时以上的时间在一起。毛利先生又有钥匙，他先到公寓里等您，这也是情理之中的事。"加贺的口气充满自信，仿佛亲眼见过他们这样见了面一般。

"你尽可以这样说，可没办法，他从没那么早来过。"

"那为什么偏偏在昨天，他那么早就去了您家？"

"所以他并不是在那个更早的时间来的。你刚才说过，施工一直持续到七点左右。我想他是在那之后来的。"

真智子说话的底气没有加贺那么足,她有些忐忑。但至少不能低下头——她下了决心。

"我知道了。"加贺点点头,又看着理砂。

理砂已经没在吃了,一动不动地低着头。

"那么下一个问题,您见过这个吗?"加贺取出一张用宝丽来相机拍的照片,上面是一束打包捆绑用的绳子。

"我见过。"真智子答道。

"是吧。这是您家的东西,放在壁橱里。"加贺回过头看着她,仿佛在窥探她的反应。

"可能在那里吧。有时候我打包、捆报纸会用到。"

"根据鉴定人员的看法,这根绳子与毛利先生脖子上的绞痕完全一致。"

这句话让真智子的心为之一惊。"然后呢?"她抑制住内心的震荡说道,"你想说明什么?所以就是我们杀了他?"虽然成功地压低了声音,但控制不住声音的颤抖。

加贺睁大眼睛摇了一下头。"我没这个意思。凶手可能是准备了一根同样的绳子,也可能碰巧发现了这根绳子,用来当凶器。只不过,我们注意到了一个细节。"

"是什么?"

"我们在您家的垃圾箱里发现了应该是包装过这根绳子的

玻璃纸。也就是说，这根绳子是新的，而且是最近才拆封的。拆封的是您吗？"

"这个……"真智子脑中瞬间交织着各种各样的想法，"是我拆封的。前天，我在捆旧杂志的时候用到过。我想起来了。"

"就为了捆旧杂志？还记得用了多长吗？"

"这个我记不清了。当时什么也没想，就只是绕着成捆的杂志来回转了几圈。"

"那么杂志有多少？"

一个奇怪的问题抛了过来。因为不明确加贺的目的何在，真智子有些焦急。"大概……对了，我想是二十本左右。"

"要说二十本，用的长度充其量也就一米到两米。绳子没用在其他地方吗？"

"没有。用完就放进壁橱了。"

"是吗？这果然很蹊跷啊。"加贺摆出一副思考的样子。

"什么蹊跷？"

"嗯。我们调查了这捆绳子，已经用掉了二十米。不是二十厘米，而是二十米。您对此怎么看？"

"二十米……"

"根据刚才的话，我们只能认为是凶手用了绳子。然而二十米这个长度作为凶器来说也太长了，究竟被用来干了什么？"

真智子回答不上来，陷入沉默。

"还有一处奇怪的地方。"

加贺的话让真智子做好了准备。

"是什么?"

"屋子里被弄得那么乱,但邻近的住户里没有一个人听见类似打斗的声音。不管是东西掉在地上的声音,还是东西被打破的声音,谁都没听见过。您觉得这是怎么回事?"

"这个……可能他们碰巧都不在吧。"

"是这样吗?但是,隔壁家的女主人说,昨天她可是一整天都在家。"

"所以这种事……我不知道了。"真智子说完做出看手表的动作,催了一下理砂便站了起来。"不好意思,我就要走了。这孩子要迟到了。"

"啊,是啊。耽搁您了,万分抱歉。要不这样,我把你们送到学校吧?"

"不,不必了。"真智子拉过理砂的手,离开了旅馆。

加贺确实是在怀疑我,真智子想道,但并不知道怀疑的根据在哪儿。

不管怎样,我必须坚守住,她想。不能在这种地方栽跟头。无论如何,必须守住自己和理砂同心协力的生活。

5

送理砂上学回来的路上,真智子的手机响了。她看了一眼显示的号码就知道对方是谁。她并不想对这个人说话,但又无法视而不见,便走到路边,按下了通话键。

"喂。"

"啊,真智子吗?是我。"

"嗯。"

是她的前夫。被前夫直呼其名让她感到不快,但她从没发过半句牢骚。

"听说出大事了?"

"你知道了?"

"就在刚刚,警视厅的刑警来了,问了好多问题。"

"哦……"

或许对警察来说,这是理所当然的行动。关于这个案子,与其设想是一个恶魔般的盗贼侵入了宅子,倒不如猜测是一个与楠木母女存在某种关系的人闯进了宅子更为合适。被杀的毛利是真智子的男友,前夫一定被当作对毛利怀恨在心的人,吸引了警察的注意。

"要是给你添麻烦了,那真对不起。"

"不,没关系。幸好我有不在场的证明,刑警看上去也没怀疑我。"

"那就好。"

"理砂怎么样?一定受到惊吓了吧?"

"表面上还很开朗,实际怎么样就不知道了。我想她心里应该不会平静。"

"那可不是嘛。"接着他停顿了一下,"我,今天有空……"

真智子变得不快起来,她知道他想说什么。"然后呢?"

"也没什么,就是,我觉得是不是去一下你那里比较好。你们肯定不好过。"

"嗯,算是吧。但没事,我们自己总会挺过去的。"

她的真实想法是,这个时候,前夫的出现只会给人添乱。

"是吗?要是有什么难事尽管找我,力所能及的事我都会办到。"

很久没听到他说话了,那声音充满了慈爱,或许他是真心在惦记吧。真智子如释重负,但她现在已经不能依靠他了。

"谢谢。有什么要我转告理砂的吗?"

"嗯,告诉她,想跟我说话了,就打电话来。"

"知道了。"

"那,振作起来啊。真的别对我客气。"

又说了一句"谢谢",真智子挂断了电话。

她一边走,一边想起了前夫,想起了她和前夫的生活。她想,如果他们生下的不是理砂这样的女儿,一定能更顺利地相处下去。

前夫是个在贸易公司上班的普通工薪族。登记结婚的时候,真智子也是个普通的职员。结婚之后,她成了普通的主妇。理砂出生,她又成了普通的母亲。然而普通的日子到此为止,随着理砂的成长,真智子心中有样东西开始膨胀起来。

理砂具备天才般的运动神经,至少在真智子眼里是这样的。她继承了自己的血脉,不,她有着超越了自己的才能——从理砂能走路开始,真智子就确信无疑。平衡感、柔韧性、瞬间爆发力,各项都是一等一的。

对真智子要让女儿学体操的想法,丈夫是反对的,最主要的理由就是危险。他主张让理砂像普通人一样成长。

"你什么都不懂!不让理砂去练体操,那是埋没了她宝贵的才能!"

"你别说得那么夸张。她参加不了奥运会。"

"不!让她练体操就是奔着奥运会的,这是当然的事!"

"妄想罢了。"

"要是当初没受伤,我就走到这个妄想跟前了。"

几次争吵后,真智子最终强行把理砂带进了俱乐部。俱乐部会长和她是老相识，一眼就看出了理砂的潜力。

"一定得好好培养。"

听到这句话时，真智子高兴得流出了眼泪。

她和理砂两人齐心协力的生活就是从那一天开始的。真智子的生活几乎全部围绕理砂的训练重组，饮食内容、生活节奏、居住环境，一切都为此改变。这样一来，真智子的眼里必然渐渐容不下丈夫的身影，她只求丈夫为理砂的培养环境提供经济支持。

"你究竟把家庭当成了什么！你以为，牺牲掉这个家庭，理砂就会幸福吗？"有一天，丈夫一发不可收拾地怒吼起来。他说要让理砂停止练体操。

"我要让理砂把才能开发出来，这怎么就不行了？这样成功了，理砂就会幸福。理砂的幸福，不就是我们的幸福吗？你不这么认为？"

"这种东西才不是幸福！"

"自以为是！"

"谁自以为是？"

现在真智子想起来，觉得当时丈夫或许已经强忍很久了。忙于工作的他，只有休息日才能顾及女儿，然而就连休息日的这点幸福，他也没有得到。他一定非常羡慕那些被央求着花点时间陪家人的父亲。

真智子发现他在外面有了情妇。她对此什么也没说，甚至觉得这倒正好。她已经没有闲工夫为丈夫操心了。

然而最后，真智子还是提出了离婚。她不想让理砂看到父母每日争吵的样子。

丈夫考虑了一晚上，最后同意了。他应该也觉得没有其他的路可选了。

"我算败给你了。"他没好气地说道，"但我话说在前头，要是让理砂蒙受不幸，我饶不了你！"

"这种事情绝不可能。"她口气强硬地答道。

离婚之后，她越发燃起了让女儿当体操运动员的热情。可以说，理砂已经成了她活下去的理由。甚至在俱乐部里，她也有着"魔鬼妈妈"的名声，因为只要事关体操，她对一切都不会妥协。

但她从没有打骂过理砂。她最怕的事情就是理砂会厌烦体操。因此，即便是理砂逃了训练，她也不会责备，而是向理砂倾诉：妈妈的期待有多深，妈妈抱着多大的梦想，最重要的是，妈妈把理砂看得多重。

理砂也会因母亲的期望感到负担，但渐渐地，她也和真智子抱有了一样的梦想，对奥运会的憧憬变得十分具体化。

虽然是这样——真智子不由得咬住嘴唇。

她和理砂两个人的生活已经持续了五年，心情确实也放松了几分。理砂的技术着实在提高,已经不需要真智子口头上的监督了。这也让真智子感到寂寞。同样的日子反反复复,神经都已迟钝,用通俗的话说,她或许想寻找刺激了。她心里生出了缝隙,而有个男人填进了这道缝隙。

真智子是通过一个教舞蹈的主妇认识毛利周介的。"找商场的外销买东西,样样都实打实,价格还便宜。去那家商场购物,总是会有各种优惠。"那个主妇热情洋溢地说。真智子没有多大兴趣,但主妇说,这也是找对象的一个办法,决定要把那家商场负责外销的人介绍给她,而来的人就是毛利。

毛利说话稳重,给人印象很好。他比真智子小一岁,但第一次见面的时候,他从容得甚至让真智子觉得他比自己岁数要大。

然而真智子并未在那时就对他一见倾心。应该说,她是见了几次面之后才被吸引住的。每当真智子通过外销部下订单,第二天他就会把东西送到她家里。对每天都忙忙碌碌而无暇出去购物的真智子来说,这是求之不得的服务。于是他造访她家的次数也就不可避免地多了起来。

究竟是谁先引诱了谁,现在已经说不清了。如果毛利还活着,他一定会嬉皮笑脸地说:"是你呀。"但是真智子可以断言,是他先靠过来接吻的。

毛利也有过一段婚姻,两年前离婚了。"因为婚外情败露了。"他毫不讳言。他还说自己现在之所以没有像样的财产,是因为前妻要了一大笔赔偿金。真智子觉得，他们没有孩子，赔偿金料想也不会是笔大数目。

即便是开玩笑，毛利也从来没提过要和真智子结婚的事。这是当然的，真智子想，一个有过一次失败婚姻的男人，应该不会考虑和一个女儿即将上初中的女人一起生活。他现在只是一时兴起才和自己交往——真智子经常对自己这样说，只不过他周围恰好没有一个能够满足他性欲的合适女人罢了。他想在她身上得到的，只是满足性欲，以及一小笔风尘仆仆赚来的钱，所以她也绝不能沉湎其中。她一直在心中小声提醒自己：我还有理砂，理砂是第一位的，恋爱是第二位的。

既然是没有结果的交往，还是尽早结束为好——她也这么想过，却办不到。只要他来了，就会进屋。一旦他靠过来，自己就会毫无抵抗地被他抱住，有时还感到高兴。但从客观上来说，他并不是什么特别有魅力的男人，所以到头来只是自己寂寞了——她带着几分自虐地进行了自我分析。她想通过维系和他的关系，来确认自己还没有放弃做女人的权利。

当毛利的尸体映入眼帘的时候，真智子发觉自己与其说是悲伤，倒不如说是松了一口气。这下终于不必再为多余的事担心了，她有了一种安定感。

然而——

或许已经晚了。

6

回望案发至今的日子，真智子一直祈祷事情就这样过去，别再发生其他情况。昨天没有警察来访。今天，明天，以及今后的日子，她都希望她们母女能安静地过下去。

体操比赛的会场设在区内某私立高中的体育馆内。真智子听说，那座体育馆设施完备，配备了能眺望全场的观众席，所以赛事如此安排。然而比赛开始在即，高规格的观众席上却基本没有人。她坐到最前排，从包里取出笔记本和圆珠笔，开始寻找理砂的身影。理砂正和其他孩子做热身运动。她想走到理砂身边说几句鼓励的话，但最终还是作罢了。

她忽然感到旁边有人。转头一看，加贺正准备坐到她旁边。

"加贺先生……你为什么到这儿来？"

"想看看比赛。不行吗？"

"没有，可是……"

"真热啊。"加贺脱下上衣，从手里的便利店购物袋里拿出罐装咖啡，"喝点吗？"

"不，我就不必了。"

"那我就不客气了。"他拉开拉环，"我还是第一次看体操比赛。"

"啊，是吗？"

"但我时不时会在电视上看看。日本女子体操这段时间看上去有些不够振作啊。"

如果是平常，真智子会反驳加贺这种门外汉看法，然而今天没这工夫。这个刑警出现在这里的目的何在？他这样坐在旁边，打算说什么事？真智子考虑的是这些。还没等她把这些疑问理出头绪，加贺开口了。

"我们找到了一家荞麦面馆。"加贺看着真智子说。

"荞麦面馆？"

"是的，就是那天白天毛利先生去过的荞麦面馆。我们从他胃里面的东西判断他吃过荞麦面，却又不知道他去了哪家面馆。按照毛利先生的职业性质，他白天应该开着公司的厢式货车在东京到处转。"

"你们调查得挺仔细呀。"真智子没有多想。

"真是万幸。我们在胃里面发现了干烧鲱鱼。"

"鲱鱼？"

"鲱鱼荞麦面，您知道吗？"

"不知道。"她摇摇头。她确实不知道。

"听说是一种放了干烧鲱鱼的荞麦面。这在关西并不是什么稀罕的食物，但在这里却没怎么听说过。我有一个同事是在京都长大的,看到胃里面发现了干烧鲱鱼,指出死者可能在白天吃过鲱鱼荞麦面。但是他又说,在这边能吃到正宗鲱鱼荞麦面的面馆很少。于是我们核对了东京所有的荞麦面馆,从中筛选出鲱鱼荞麦面做得比较好的,拿着毛利先生的照片来回打听。最后有家面馆的店员说记得毛利先生。"

"是吗?"真智子想起毛利是大阪人。他说话时偶尔会跳出几句关西腔,但并不招人讨厌。

"毛利先生进入那家面馆的时间是下午两点左右。那家面馆在两点到五点之间停业,他在快到点时跑了进去,点了一份鲱鱼荞麦面,因此店员记得。"

"他吃了荞麦面这件事跟案子有什么关系吗?"真智子有些沉不住气地问道。

"和推定死亡时间有关。"加贺答道,"知道了他吃下去的时间,就能从食物的消化状态来更加准确地算出他的死亡时间。根据解剖的结果,我们判明,毛利先生是在吃过鲱鱼荞麦面后的四个小时以内被杀的。既然吃面的时间是两点,那他在六点时应该已经被杀了。"

"原来如此。"

"这么一来,电力施工的负责人的证言就很重要了,即从五点半到将近七点的时间内,并没有人出入您家的大门。这就等于说毛利先生五点半之前就在屋子里了。不仅是毛利先生,凶手应该也如此。那么在那个时间段里没有不在场证明的是谁呢？"

"楠木真智子，你打算这么说吧？"

"还有理砂。"

"胡说八道！"真智子发泄般地说道，"你这些无聊的话是从哪儿来的？你有什么证据吗？"

加贺发出一声长长的叹息，用指尖挠了一下眉间。"您抱过金吉拉吧？"

"啊……"

"是猫。您一定抱过附近药店的那只猫吧？在星期三早上。"

"那又怎么样？"

"那只猫的毛也附在了尸体上。"

真智子"啊"了一声。

"那只猫在星期三之前并没有在那条街上出现过。毛利先生身上附着了猫毛，一定是因为您或者理砂与他有过身体接触，哪怕是间接的。"

7

练习已经开始，理砂正在确认跳马器械的高度。然而她的身影在真智子眼里却是一片虚幻。

难道就没有脱离这困境的办法吗?她绞尽脑汁地思考着,却走投无路。这个姓加贺的刑警就像布下了死局,从容不迫而又切切实实地向她逼近。

她做好了心理准备。想要逍遥法外终究是一场梦。

"真是……没办法了。"

"您能说实话吗?"

"好吧。"她叹了口气,说道,"人是我杀的。"

"是您?"

"是的。那天我结束会计师事务所的工作后,马上就回到了家。我跟他约好见面谈谈,因为之前我发现他有了别的女人,打算就此盘问一下他。本来只要他道歉,我就会原谅的,但他没这么做,反倒忽然声色俱厉地大骂起来。他说自己只是为了钱才勉勉强强和我在一起,我就被气得晕头转向……"

"把他绞死了?"

"是的。"真智子点头道,"杀了他之后,我马上就害怕了,不知道该怎么办。后来我想这事还是等之后再想办法,不如先出门。"

"但是屋外的电力施工应该还在进行。"

"没错。所以我屏住气息一直等到施工结束,确定一个人也没有了才出的门。"

"那是几点?"加贺问道。

"我想是七点左右。"

"嗯。"

"后来在舞蹈学校上课时,我脑中也一直盘算着怎么处理尸体。最后,我决定把现场布置成入室盗窃的样子。"

"所谓的门没锁上也是谎话吧?"

"是的。看到那张快递的取件通知单,我想到可以说个谎。如果谎话起作用,那就可以造成凶手是七点之后逃离现场的假象。"

"也就是制造不在场证明。"

"是的,但这毫无意义。我没想到你们能从胃里的东西准确判断出他的死亡时刻。"接着真智子扑哧笑了一声,"他居然爱吃鲱鱼荞麦面,我完全不知道……"

"当凶器用的绳子到哪儿去了?"

"揉成一团,扔进车站的垃圾箱了。"

"为什么用了二十米?"

"那是因为……我一度想过要把尸体绑起来。我想万一我不在的时候他又突然醒来,那就糟了。"

"但您并没有绑他。"

"是的。因为无论怎么看,他都应该死了。"

"就算是绑他,二十米也太长了吧?"

"是啊。我想当时精神太失常了。"

加贺点点头，但并没有显出满意的表情。他皱起眉，紧盯着真智子，眼里透出一丝悲悯。

"那就是，"他说道，"您的第二个梦想吗？"

"啊……"

"失礼了。"加贺轻轻地将右手伸向真智子，碰到了她的头发，"剪得真漂亮啊，您是什么时候去的美容院？"

真智子吓了一跳。"是啊……什么时候呢……"

加贺的目光落在了记事本上。"您去的那家美容院叫'萨布丽娜'，离您上班的会计师事务所很近吧？"

"你怎么知道的？"

"您把它记在您家的通信录上了。"

"什么时候知道的？"

"就在送您和您女儿去了池袋的旅馆之后。我很想知道您常去的美容院的联系方式。"

"为什么不问我？"

"问了会引起您的警惕。这样一来，您就会想出对策了。"

真智子陷入了沉默。确实，如果那时候被问到了，她一定会盘算出什么对策来。

"星期三，您去了美容院，对吧？"加贺静静地说道，"您想敷衍也是枉然。我们已经向美发师确认过了，您那天在美容院美发的时间就是下午五点半到六点半之间，也就是说，"他盯着真智子,"不可能是您杀了毛利先生。"

"你弄错了,我——"

"楠木女士,"加贺慢慢地摇头道,"您一开始就有无懈可击的不在场证明。您没有必要撒谎,或在不在场证明上下功夫。需要不在场证明的人不是您,而是她,是这样吧?"

加贺指着即将参赛的理砂。

真智子做了个深呼吸。"从五点半到将近七点这段时间,我家没有人出来过,电力施工人员不是证明过了吗?那孩子七点钟正在去俱乐部的路上。从家里到俱乐部,走得再快都至少要半个小时,所以她也有不在场证明。"

"那我就要问您了。刚才您也说过,发现尸体时门是锁着的。凶手如果不是你们,那他究竟是怎样从屋子里逃脱后又锁上门的?"

"这本来就……"真智子咽了口唾沫,"没什么不可思议的。本来窗户就没有上锁,不是推理小说里的密室。我想凶手是从窗户逃出去的。"

听了她的话,加贺的表情忽然舒缓下来。"窗户没有上锁——还真是这样。"

"是真的。"

加贺猛地点了一下头。"我明白了,所有的谜团就此解开了。正如您所说,凶手恐怕真是从窗户逃出去的。这样,她是有可能躲过施工人员的目光的。"他说完又指向理砂。

"不对。那孩子怎么可能把一个成年男子绞死？"

"就算是成年男子，"加贺说道，"睡着了就不会抵抗了。"

"这……"

"我们在您女儿的床上发现了毛利先生的头发。或许是毛利先生等您的时候，在床上打了个盹。这让您女儿看见了，于是她就用绳子缠住了他的脖子。那并不是普普通通地一缠，她准备了将近二十米长的绳子，将绳子的三分之一缠在毛利先生的脖子上，又将多出来的部分绕过某个牢固的东西，比如柱子或者门把手，然后拿住绳子的两端走到阳台上。在确定没有目击者之后，她就这样拿着绳子跳了下去——"

听着加贺的话，真智子不住地摇头，但她也自知否定不了。泪水抑制不住地从她双眼中溢出。

"不管毛利先生身材多高大，忽然被一个少女用全身重量绞住脖子，应该不会有抵抗的余地。在确认完全没有抵抗之后，理砂慢慢地放开了绳子的一端。绳子在强力摩擦毛利先生的脖子后松开了，理砂以恰到好处的速度下落。对天才体操少女来说，这种程度的技巧算是家常便饭。安然无恙地落地后，她将绳子全部收回，若无其事地去了俱乐部。"

"不对，那孩子什么都没干。你哪里来的证据，说她是凶手？"

"那么，"加贺说道，"您说自己是凶手，又是在包庇谁？您不惜当替罪羊来保护的那个人是谁？"

在锐利的目光下，真智子似乎已经放弃。她想反驳，却说不出话来。

"您在看到现场的一瞬间就知道凶手是谁了吧？您想让自己和理砂都不被怀疑，为此，您将房间弄乱，还将尸体搬到和式房间里，对吧？但是您已经做好了心理准备，万一事情败露，即便自己身陷牢狱，您也要帮理砂一把。因此，尽管您有完备的不在场证明，也没对我们说。那天，在送你们去旅馆的途中，要是我没有注意到您头发上散发出来的洗发水香味，或许就真的成全了您的第二个梦想。"

"洗发水……啊，这么说来——"

"您看上去明明去了美容院，却没有在报告那天的行动时提到。我觉得这之中有什么蹊跷，于是决定调查一下。"

"是这样啊。"真智子想起了加贺曾在车上问她是否洗过澡的细节，"你是什么时候开始……"

"并不是说什么时候开始，而是在进行了多项调查后逐渐发现了真相。如果非说不可，在最开始听您说话时，我就起了疑心。"

"最开始？"

"您说您看见餐厅一片狼藉，又在和式房间里发现了尸体，

127

便报了警,然后就一直在发呆。是这样吧?"

"是的。"

"正常来说,您一定会去西式房间看看,会担心独生女儿是否遭到不测,对吧?"

真智子闭上了眼睛。正是如此。因为想要将警察的视线从真正的现场——西式房间转移开,她不知不觉就说了那样的话,却适得其反。

"她的杀人动机是什么?"加贺问道。

"是……或许是对我背叛她的一种报复。"

"背叛?"

"我们约好了,母女俩要齐心协力直奔奥运会。在理砂完成我未能实现的梦想前,我绝不会让其他事搅乱我的心思。"

真智子和毛利交往之后,仍将理砂的事摆在第一位,但理砂应该对此抱有强烈的不满。真智子确实违背了不惜牺牲一切支持理砂的誓言。

"那孩子……"真智子凝视着女儿的身影,理砂正走向平衡木。"真希望她能实现梦想。"

"我们暂且不要影响她吧。"

理砂跳上平衡木,挺起了胸膛。

失控的计算

1

厚厚的云层遮断了阳光，天气寒冷，只要站在外面，就会感觉皮肤紧绷得直发疼。这种天气里，特地到花店来的顾客寥寥可数。藤屋鲜花店的女店员正站在里屋的工作台前，用蔷薇制作花篮。这是要送到附近一幢大楼的，那里的二层有家意式餐馆刚刚开业。一个男人打来电话，要求说："请适当用些蔷薇做出华丽的效果。"然而对方的预算让她泄了气，这个价位可用不起什么珍贵的花。最终，混杂进少许丝石竹，她做出的只是一个普普通通的花篮。

"都是因为经济不景气，大家都没闲钱用在鲜花上了。"店主听了订单的内容，心灰意冷地说道。而带着叹息说出这句话，已经成了他每日必做的功课。

"要是附近有人死了就好了。这样一来，生意马上就可以忙起来了。"

"乱说话！"女店员笑着嗔怪道，却也知道他不过是开个玩笑罢了。

确实，一有葬礼，花就好卖。

那位和葬礼有关的顾客来的时候，女店员手中的活刚干到一半。

伴随着玻璃门打开的声音，她听到一个女人说"你好"，便朝入口看去，发现一个穿黑色外套的女人站在那里。那是一张熟悉的面孔，依旧是那副孤独的表情。女人肤色白皙，身材瘦削，让她看起来越发孤独。

"欢迎光临！"

女人微笑起来，向店里扫视一圈。

"每次来这里都很暖和呀。"

"是呀，但要是太暖了也不行哦。"

"还真是呢。"

女人空着双手，但可以看到她放在玻璃门外的白色便利店袋子。不知道她买了些什么，袋子很鼓。

"今天也是买以前的那种组合吗？"女店员问道。

"是的。把菊花放在中心吧。"

"还有雏菊，对吧？"

"嗯。"女人点头道。

这位顾客从几天前开始，每天都来这里买花，买的都是固定的品种，菊花和雏菊。店主知道她的情况。上周，她的丈夫死于交通事故。这起发生在车站前的事故据说惨不忍睹，已经成了这边街头巷尾的谈资。

女顾客买的鲜花大概是要供在佛龛前。这么一想，女店员选得格外慎重，尽量挑选漂亮的。

女顾客接过花刚出门，外出送花的店主就回来了。他瞥了一眼并排摆放的鲜花，说道："坂上太太来过了吧？"

女店员想起了那女顾客姓坂上。"嗯。"她答道。

"还是菊花和雏菊？"

"是的。"

"唉，"店主抱起胳膊，"真可怜啊。她应该还很年轻吧？刚才正好从她家附近经过，感觉还是新建的。幸福的日子才刚刚开始啊。"

"她肯定能再找一个好对象的。毕竟是个美女。"

"嗯，这倒可能。"

"你要不要试试看？你跟她挺般配的。"

"别胡说！"店主摆摆手，却是一副未必不可能的表情。他明年就四十了，还是单身。

2

奈央子抱着鲜花和购物袋回到家门口,听到有人喊"坂上太太"。安部绢惠从隔壁庭院里走了出来。

"啊……你好。"奈央子低头行礼。

绢惠几乎是和奈央子同时搬到这里来的。奈央子平时和邻里少有往来,绢惠是奈央子唯一的熟人。她比奈央子大五岁,家里有个刚上小学的儿子。

"买东西了?"

"嗯。"

"来我家喝杯茶吧?别人送了蛋糕。"绢惠一脸亲昵地邀请道,似乎正努力让一个守丧的人恢复生气。

"谢谢,但我有件急事要做。"

"是吗?那要帮忙吗?一个人一定有很多麻烦吧?"奈央子所谓的"急事"应该是与法事有关的。这不难想象,她丈夫才过世一周。头七要做的法事应在葬礼时一并做完,这一点绢惠也知道。

"不用了,我是要整理丈夫的遗物。"

"啊。"绢惠点头道,表情马上阴沉下来,"看来我还是不要打扰的好。"

"对不起。"

"请别在意。"

"那，再见。"

奈央子正准备打开大门，绢惠再次把她叫住了："坂上太太，有什么难事尽管跟我说。我很想帮你的。"

"十分感谢。"奈央子低头致谢。

绢惠一定认为奈央子是失去丈夫的可怜寡妇。或许绢惠把这当成了肥皂剧里的情节，自己也想变成剧中人物。当然她是出于一片好心才这么想的。

奈央子再次低头致谢后便进了家门。关上门后，她忍不住长舒了一口气。

她将东西放在起居室的沙发上。这时电话响了，把她吓得身体一度僵硬，稍后才走近电话机。

打电话的是奈央子读女子大学时的朋友，到现在她们也经常通话。在奈央子结婚之前，她们经常一起去看演唱会和音乐剧。长年单身的她去年也终于结了婚，这阵子常挂在嘴边的话是"婚姻生活真是比想象的还无聊"。

"你现在方便吗？"

"嗯，还行。"奈央子本想说不太方便，但若这么说，反倒会招来对方更多的担心。

"情绪怎么样？稳定下来了吗？"朋友问道。

"嗯，多多少少。"

"睡得好吗？吃得下饭吗？"

"睡得着，也吃得下。别这么担心。"

"就是担心你嘛。你可是心情一低落就什么干劲也没有的人。"这似乎让她看上去颇像个弱女子。

"真的没事了。我现在有很多事必须干，没工夫低落。"

"嗯，那我就放心了。"

"谢谢你这么关心我。"

"没事。对了，明天你有空吗？"

"明天？"

"嗯。我刚好拿到了那场演唱会的票。你也一定想去吧？"

"啊。"她想起来了。若是在平时，她会高兴得跳起来。

"去吧。这段时间很辛苦，换换心情还是挺好的。"

朋友的体贴让她深感于心。那场演唱会的票并不是简简单单就能买到的，朋友一定是为了让失意的她振作起来，费了很大劲才弄到手的。

她想要领受这份友情，但是——

"对不起。明天我恐怕去不成了。"

"啊……是吗？有什么事？"

"我丈夫的父母要来，说来整理遗物。如果这种时候出门，不知道他们会怎么说我。"

"能不能让他们换个日子来？整理遗物什么时候都能做的。"

"不知道为什么，他们说非得明天来不可。可惜了，你约别人吧。"

"这样啊。那下次拿到什么好的演出票再约你吧。一定就在近期。"

"嗯，就这么定了。对不起。"

挂上电话，奈央子原地蹲下。那位朋友可能真的会在近期打电话来，带来充满诱惑力的安排。到时候怎么拒绝才好？想着这件事，她的眼前一片黑暗。

面对这个失去丈夫的可怜女子，谁都想要来鼓励一把。

各位，你们别管我了！奈央子很想把这话喊出来。把我扔在一边，别把我从这房子里拉出去。

3

门口对讲机的铃声响起的时候，奈央子正在二楼的卧室里。她坐在地板上，头靠在床边，没有睡着，但也没有马上对铃声做出反应。她听到铃声再次响起，阴郁的心情又沉重了一分：又有谁要来折磨我了。

她本来打算不管,但转念又觉得不能这么做。按铃的可能是安部绢惠,她知道自己在家。要是不去应答,不知道她会担心得做出什么事来。

奈央子匆匆走出房间,取下安在走廊墙壁上的对讲机,小声说了句:"喂。"

"我是警察。"一个男人的声音传来。或许是有意避开附近人的耳目,他的声音压低了几分。

"哎……"奈央子的心脏剧烈跳动了一下。

或许是以为对方没听清楚,男人又重复了一遍:"我是警察,从练马警察局来的。"

奈央子全身发热。

"啊,好的。"只说完这么一句,奈央子便马上跑下楼,打开了大门。外面站着一个一身黑色西装的男子,年龄三十出头,身材高大,肩膀宽阔,脸部瘦削,面颊尖长。

"来得突然,实在抱歉。"男子出示了警察手册。

奈央子第一次见到这个黑色手册,比她模糊想象之中的证件要大得多。"有什么事吗?"

"我有些问题想问您。"说完,男子摆出一副提防邻家的样子。

奈央子有些不知所措。她并不想让这个男子进门,但如果在这里说话,就有可能让隔壁的绢惠发觉。因为不知道这男子目的何在，她绝不想让绢惠听见他们的谈话。于是奈央子敞开家门，说道："请进。"

"打扰了。"男子说完便进了门，掏出一张名片。奈央子这才知道，他是练马警察局的刑警加贺恭一郎。

她正想着是不是要让对方进入房间说话，加贺已经从西装内兜里取出了一张照片。"这个人您认识吧？"

奈央子咽了一口唾沫，伸手接过照片。无论接到什么样的照片，都不能显出慌张的表情——她告诉自己。

照片上是她预想中的人。那人穿着一身工作服，正站在一个样板房前笑着。他无忧无虑的笑容刺痛了奈央子的心。"是中濑先生。"她说道。

"您是怎么认识他的？"加贺进一步问道。

"认识他嘛……他是这幢房子的建筑师，新日地产的……"

她说到这里，加贺点点头取回照片，放回口袋里。

"他好像经常来您家吧？"

"也不能说经常……几个月来一次，来检修。"

这幢房子是商品房，大约在两年前买下。合同中有一项规定，售卖方提供定期的基本检修。

"他最近来是什么时候？"加贺的嘴角隐约浮现出一丝笑容，或许是想稍微缓和一下奈央子的心情，然而完全没有效果。

"一个月前左右……好像是的。因为是保修两年。"奈央子一副回想起来的样子。

"那之后,他就再没来过这里了?"

"是的。"

"确定吧?"

"是。"奈央子收紧下巴,抬眼看着加贺,发现加贺仍然盯着她的脸,她不由得将目光移开了。"请问,中濑先生怎么了?"与其说她是因好奇发问,不如说是忍不住。

"他失踪了。"加贺说道,"大约一周之前。"

"啊……是这样吗?"奈央子低下了头,她不知道这时应该露出什么样的表情。

"这个月的二十号,他说出门去见朋友,之后就再也没回过家了。在公司也一直是无故缺勤。"

"这个……他家人一定很担心吧?"

"他妻子已经提出了搜索申请,但过了好几天都没有一点线索,于是她私下里找我商量。我和中濑先生妻子的哥哥认识。"

"这样啊。"奈央子的目光再次落到刚才收到的名片上。加贺所属的是搜查一科。根据在电视上看到的知识,她想到了那是负责杀人案的部门。

"电话呢?"加贺问道。

"电话?"

"中濑先生打的。他有没有打过电话?"

"在检修之前打来过,除此之外就……"

"真的吗?"加贺一动不动地盯着奈央子,仿佛要看穿她心中的想法。

"是真的。为什么问这个?我会说谎吗?"

奈央子的声音不由得尖厉起来。她担心表现得不自然,加贺却一副并不在意的样子,接着说:"关于中濑先生失踪的事,您有什么线索或记忆吗?无论多么细微都可以。"

"没有。我都说了,他不过是我们家的客人罢了。"

加贺点点头,但这并非表示他满意了,反而像是在确认,而奈央子的回答不出他所料。

"中濑先生那边接到过一个奇怪的电话,就在中濑先生失踪之前。接电话的是他的太太。"

"什么奇怪的电话?"

"电话里一个男的说:'你的丈夫出轨了,对方住在两年前新建的住宅区里,是个有夫之妇。'"

"这种事……"

"于是我们询问了中濑先生的公司,两年前由新日地产经手的新住宅区只有这里,而且中濑先生负责的房子数量有限。"

中濑具体负责了多少幢房子,加贺并没有明说。奈央子心想,这个刑警一定是事先充分调查过才到这里来的。

"跟我们家……跟我没有关系。"她断然说道,"说我跟中濑先生……荒唐透顶。"

"我想您当然会觉得不快。但既然有这么个电话，涉事的中濑先生又失踪了，我们不得不调查一下。他也有可能是卷入什么案子了。"加贺强调了"案子"这个词。

"你找找别家的主妇去问吧。总之，跟我没关系。这种时候问我这种问题……你太没礼貌了！"奈央子没能抑制住声音的颤抖。

"万分抱歉，我也自知言行不恰当。"加贺低头致歉，"听说您先生刚刚去世。"

"是的。"奈央子垂下目光。

"那么，能让我给他上炷香吗？我们当警察的，一听到是在交通事故中丧生的人，就没法视而不见。"

"可是……"

"不行吗？"

要是强硬拒绝，这个姓加贺的刑警也许会更起疑，于是奈央子一边说"那就请吧"，一边摆好了拖鞋。

一楼的和室里放置着佛龛，这是上次急匆匆买回来的。隆昌的遗像嵌在相框中，旁边装饰着鲜花。

在佛龛前面合掌祈祷后，加贺保持端坐的姿势，转向奈央子。"我听说肇事方驾驶时开小差了。"他说道。看来他事先调查过了。

"我丈夫当时正要进自家的车里，一辆卡车猛地冲了过来。肇事的司机说，当时形成了一个什么死角。"

"您也在现场……"

"是的，"奈央子点头道，"我正好在场。这事就发生在他送我到车站之后不久。"

"您说他送您到车站？"

"因为住在静冈的家母身体不好，我那天晚上打算去照看她的。我的行李很多，就让丈夫开车送我了。"

"真糟糕啊，那您去静冈的打算也只好作罢了吧？"

"真是对不住家母。"

"事故发生在几号？"加贺取出记事本，做好记录的准备。

"在上周，是二十号，傍晚六点左右。"

"二十号。"加贺在本子上记下，一脸疑惑，"也就是中濑先生失踪的那天。"

"这有什么关系？"

"不，没有特别的意思，只是觉得偶然罢了。那么赔偿申请进展顺利吗？"

奈央子摇摇头。"肇事的人没有买保险，正一筹莫展。我已经把这事交给认识的律师了。"

"哦，这种事可不少呢。"加贺怜悯地说道，"您是什么时候决定去静冈的？"

"出事的两三天前。"

"也就是说您先生会独自留在家里。他没说过要和您一起去吗？"

"因为他很忙……而且，我回娘家本来就让他不太高兴。"

"不少丈夫都是这样呢。他们想把妻子完全据为己有，对吗？"

"不知道。"奈央子歪了歪头，不置可否。

"这么说，您是打算一个人去静冈？"

"不，我有个同乡的朋友，还是单身，住在这附近。她说很久没回家了，打算和我一起回去。我们约好在车站见面，所以她也目击了事故。"

这个朋友与刚才打过电话来的女人并非同一个人，和奈央子平时并没什么来往。

"哦？"加贺一副兴趣浓厚的表情，"如果不介意，能把她的名字和联系方式告诉我吗？"

"这倒是可以，可你要干什么？我想她和中濑先生的事完全没有关系。"她着力强调了"完全"这个词。

"为了确认一下。不管听到什么内容，我们都要确认，这是我们的职责。"

这个刑警究竟是怀着什么目的说出了这番话？奈央子毫无头绪。稍一思考之后，她得出结论：被动地反驳不是上策。"请稍等。"她说完站起身来。

"二十号那天，出事前您一直待在家吗？"加贺记完那朋友的名字和联系方式，问道。

"快要离开家之前，我向邻居打了个招呼，此外一直都在家里。"

"我明白了。"加贺也站起身，奈央子送他到了门口。

"有关那个打到中濑先生家里的电话，"加贺边穿鞋边说道，"您能想出中伤他的人是谁吗？假如您现在说出名字，我是绝不会向外说的。"

"我没听说过，也想不出有谁会做这种卑鄙的事情。"

"是吗？"加贺点点头，"那么如果想起什么来，请和我联系。"

待刑警走出去，奈央子马上锁上了门。她双腿发软，回到了和室，一屁股坐到刚才刑警坐过的坐垫上。

"幸伸。"她喃喃道。这是中濑的名字。

4

奈央子和坂上隆昌结婚是在七年前。那时隆昌三十五岁，奈央子二十七岁。

两人都在东京市内的一家制药公司工作，但工作部门完全不同。在朋友介绍前，她完全不认识隆昌。

然而隆昌很清楚她的情况。自从在公司食堂里第一次见到她，他就一直对她很中意，相识之后更是经常打电话。

也没有别的男人和自己交往——仅仅出于这个理由，奈央子陪他吃过几次饭。最终他向她求婚。奈央子记不清那是第几次约会的时候，只是模糊地记得，那是在银座一家法国餐厅用过餐之后的事情。这个请求让她很为难，两人甚至还没接过吻。她并不是从没考虑过结婚，但她觉得这种事情还是要按部就班地来。什么事都只按照自己的节奏来推进，这是隆昌的缺点。

虽然奈央子对这个看上去还算耿直的隆昌抱有好感，但说不上是那种对异性的喜欢。即使在约会见面时，她也从没有过心头怦怦乱跳的感觉。和朋友约好去听演唱会的时候，她会更加兴奋。

即便如此，奈央子还是在周围人一番猛烈的劝导下答应了求婚。她也开始在意起了自己的年龄。同事们一个接一个因为结婚而离开了公司，她也觉得这样单身留在公司并不是好事。

结了婚，或许就会喜欢上对方，这种形式的恋爱也未尝不可——奈央子就是这样说服自己的。

在教堂办的婚礼和两百多人参加的婚宴对她来说并不是什么快乐的回忆。唯一留下印象的，就是她冷静地听完的致辞。

在给客人点喜烛的时候,因为丈夫的一帮朋友对蜡烛做了手脚,很难点着,这徒增了她的不快。

即便如此,她还是坚信,总有一天她会觉得结婚是好事。

然而刚和隆昌生活在一起,她就感觉到自己做错了选择。或许是奈央子成了自己的妻子让隆昌心头的石头落地,他蛮横的面目忽然显露出来。

正如加贺所说,他想将妻子完全据为己有。但奈央子不认为那是爱情。奈央子出门一步都会招来他极端的不满。她想和朋友一起去购物,他会百般刁难与阻挠。她想上进修学校,他也以家务事没人做为由否决了。对隆昌来说,奈央子仿佛就是满足他性欲、为他劳作的人偶。

奈央子时常想起一个小学时同班的女孩。只要奈央子和其他朋友一起玩或亲密地说话,她就会歇斯底里地叫喊,或者找那些朋友的麻烦。她觉得,隆昌现在做的一切正和那个女孩一样。

一想到这种日子要过到终老,奈央子就感到一阵压抑。孩子也没生,称得上生存价值的东西她一样都没有。她每天只能呆坐着,等待仿佛从小任性到大的丈夫归来。甚至两年前隆昌如愿以偿地买下独栋房子的时候,她的心情也没有轻松起来。踏进散发着新房子气味的家门时,她首先想到,这里将是她的葬身之处。

就在那时,中濑幸伸出现了。"我是建筑师中濑。"

他站在门口一边递名片一边致意的样子,奈央子现在依旧记得一清二楚。他有一张晒得黝黑的脸,像个淘气的孩子,露出洁白的牙齿时干净清爽。

当时隆昌事务繁忙,由奈央子一个人听取有关新房子的说明。中濑正是为此而来。

第一眼见到他,奈央子就被吸引住了。他和隆昌一样带着少年时的气质,然而留在他身上的不是任性,而是纯洁。

"我把自己负责的房子给顾客看时,总是很紧张。不管是什么房子,我都竭尽全力去建造。这就像对自己孩子的班主任说孩子的成绩一样。"笑着说完这番话的中濑,眼睛看起来熠熠生辉。奈央子心想,他一定很喜欢自己的工作。

说明结束后,奈央子为他沏了红茶。在新房子的客厅内,两人坐在全新的家具上,面对面喝茶。

中濑比奈央子大一岁,也结了婚,但还没有孩子。让人惊讶的是,他是相亲结婚的。

"是上司介绍的。当时也没想出什么拒绝的理由,总之就是稀里糊涂地结了。"说完,中濑笑了。

或许事实与此不同,奈央子想道。他一定很中意女方。即便如此,奈央子仍然觉得让这样优秀的人去相亲实在可惜。

一个月以后,中濑再次造访,这次是定期检修。他问房子有什么问题，奈央子指了几处让她在意的地方，他当场就处理好了。

之后，她又给他沏了红茶。听到奈央子说比起咖啡来，她更喜欢红茶时，中濑拍着膝盖说道："这样的话，我知道一家不错的红茶店。"他把一家专营红茶的店告诉了奈央子。

"其实，我有时会在工作的空当偷偷去那儿喝茶。这是个秘密地方，我谁都没告诉。"他带着孩子般调皮的神色说道。

几天之后，奈央子得到一个出门买东西的机会，顺便去了中濑告诉她的那家红茶店。她本以为是家英国风格的店，事实却并非如此，店里的桌子和椅子都是原木质地，应该是南亚风格。看来这家店想要营造的是红茶原产地斯里兰卡的氛围。奈央子在角落的位置坐下，点了一份加牛奶的肉桂红茶。

这时，中濑幸伸出现了。

完全是偶然，奈央子的心怦怦乱跳。说实话，她一直期待着他来。

中濑一开始似乎并没有注意到奈央子在这里，但他刚在一个空座位坐下，便无意间朝她这边看了一眼，露出惊讶的神色。在确认过只有她一个人后，中濑问她是否允许他坐过去。对奈央子来说，这当然不是坏事。

在家以外的地方见面，给了奈央子前所未有的怦然心动和兴奋感。中濑看上去也比平时更放松。

从那以后，奈央子时不时就会光顾那家店。时间大致是星期二和星期四下午两点左右。中濑会在这些时段到这家店来，这是他亲口说的。

可以说，在平淡无味的日子里，能让奈央子开心的只有那些时间。有时在店里见不到他，她就会一整天都开心不起来。

中濑在房子半年检修的时候再次造访。奈央子告诉他，卧室的地板会嘎吱作响。她并不想让中濑进入卧室，因为能显示他们夫妇两人关系的东西到处都是。但对地板嘎吱作响感到介意的是隆昌。隆昌说，下次来检修的时候要修好。

中濑一言不发地修理着卧室的地板，视线并未转向其他地方。在奈央子看来，他更是有意回避那张双人床。

"你没有打算生个孩子吗？"回到客厅，中濑问道。因为刚看过卧室，在奈央子听来，这是个露骨的问题，但他肯定没有别的意图。

"我丈夫好像没有这个意思。"奈央子答道，"我也不年轻了。"

"你年轻着呢，非常年轻。"

"谢谢。倒是中濑先生不想要孩子吗？"

"这个嘛，"中濑低头说道，"总觉得，我们两口子已经不像夫妻了。"

"是吗？"

"到底是在不同环境中长大的人，生活在一起有很多困难，也可以说是价值观不同吧。"

奈央子记不清楚自己对此是怎么回答的，只记得说了一句类似"我也这么觉得"的话，鲜明地留在她记忆中的，是那之后和中濑四目相对的情景。最终，他碰到了她的肩。她没有反抗，顺其自然地被他抱住了。

奈央子在心中小心翼翼维持平衡的某样东西乱了套，一点小小的倾斜立即变成了一阵大震荡。就像被雪崩掩埋一样，奈央子对中濑的好感迅速支配了全身，让她不能自拔。

所谓的不正当关系，就是从那一天开始的。

5

安部绢惠正在给庭院里的树浇水，看到隔壁坂上家走出一个年轻男子，想着他或许是上周去世的坂上降昌的故知。

男子看到绢惠便点头致意，朝她走了过来。他面部的轮廓很鲜明，在今天这样的晴天里，他眉毛下面显现出一片阴影。

"我有件事想问您一下，现在可以吗？"男子将警察手册拿了出来。

"什么事？"绢惠关上水问道。

"是二十号的事情。听说坂上太太来这里向您打过招呼？"

"是的。她说她要离家三天，有什么事的话希望我通知一下她。还把一张写了静冈娘家电话号码的便条带了过来。"

"还说了其他什么话吗？"

"接下来都是些闲话了。什么垃圾放置处的乌鸦变多了，晚上有人骑摩托很吵之类的。"

"坂上太太的样子有什么反常吗？"

"反常？"

"什么都行，就是和平常不一样的地方。"

"因为遭遇了那样的事故，她心情十分低落。"

绢惠刚说完，男子便摇摇头。"是事故之前。我说的是坂上太太来您这儿打招呼时的样子。"

"事故之前吗？这个嘛，我觉得没什么特别的。"绢惠思索起来。说老实话，她已经不怎么记得了。为什么这个人要问事故之前的事？她想。"这么说来，我觉得那是她少有地主动跟我说话。"

"坂上太太主动？平时不是这个样子吗？"

"也不是说没有，但她是个寡言少语的人。"

"她跟您说了多长时间话？"

"这个……应该有十分钟左右吧。"绢惠不知道这个问题的目的何在，开始感到一丝紧张。

这个时候，不知从何处飞来水花，将男子脚边打湿。男子一副吓了一跳的样子，向后退了几步。

绢惠看向旁边，儿子光平正拿着玩具水枪躲在房子的阴影下。"光平，瞧你干了些什么！"被她一阵呵斥，光平朝反方向跑开了。

"对不起，没事吧？"绢惠看着男子脚边致歉道。

"没关系。说起来，您和坂上太太平时来往很多吗？"

"倒也不能说很多，只是互相照应一下而已。邻居可得好好相处啊。"

"坂上先生去世之后，您去过他们家吗？"

"去过。应该是葬礼后的第二天，我拿了一份松蕈饭给坂上太太。我当时想她可能还没吃什么像样的东西。"

当时的情景绢惠仍然记得很清楚。奈央子道过谢，又问她要不要喝杯茶。绢惠喝着红茶，随便说了些话。奈央子平淡地描述了事故的情景。绢惠以为她心情已经平复，但随即发现事实并非如此。

绢惠无意识地将目光投向厨房，看见冷冻食品和冷藏过的米饭等东西摆在外面。看来她还没恢复到能够安心做饭，绢惠心想，幸好带了松蕈饭来。

听完这些话，男子开始思考起来，不一会儿又忽然回过神来似的，道谢后走远了。

6

喝完肉桂红茶，平时招待她的那个服务员走了过来，问她要不要续杯。她和中濑见面时总是会续杯。

"今天不必了。"

服务员闻言微笑着走远了。

或许以后还是别来这里的好，奈央子想道。本是为了追忆他而来，没想到会紧张成这个样子。

她付过钱，走出店门。细想起来，自己已经很久没有出钱结账了。

从这里到家必须坐一站车，于是奈央子吧嗒吧嗒地朝车站走去。中濑平时都会开公司的厢式货车，但她从未让他送自己回家，担心被别人看见。

远处的天空渐渐染成红色。她走在人行道上，听见身后有脚步声靠近。一开始她以为和自己没有关系，但脚步声靠近后慢了下来。她回头看去。

练马警察局的加贺一边走一边低头向她行礼。

"你是在跟踪我吗？"

加贺闻言显得有些尴尬。"算是吧，能和您边走边说话吗？

不会耽误您的时间。"说着他朝车站迈开了步子。

奈央子回想起今天早上从隔壁的安部绢惠那里听到的话。她说昨天有个警察问了她许多问题。这个刑警是在怀疑我，奈央子确信。

"从那之后我们进行了很多调查，"加贺开口道，"二十号那天跟中濑先生有约的那个朋友，我们怎么也找不出来。我们对他公司里的人以及学生时代的朋友全部进行了排查，都说没跟他有约。"

"这跟我又有什么关系？"奈央子头也不回地说道。她想尽快到达车站，却感觉目的地异常遥远。

"您想想，一个男人会在什么时候为出门向妻子撒谎？"

"你是想说跟情人约会的时候吧？"奈央子假装平静地说道，"而且他要见的那个人是我。"

"坂上太太，"加贺停住脚步，"刚才您去了那家红茶店，我也都知道了。"

奈央子几乎要"啊"地喊出声来。

加贺继续说道."我出示了中濑先生的照片问服务员，刚才出去的那名女士和这名男子有没有一起来过。服务员是怎么回答的，不用我说，您也明白吧？"

奈央子没有回答，重新迈开了步子，内心却已经被卷入一场风暴。怎么会如此疏忽，竟然没有注意到被人跟踪就去了那家店——

"坂上太太,"加贺追了上来,"中濑先生现在在哪儿?"

"我不知道。"奈央子摇摇头,"我是和中濑先生喝过茶,但只是和他谈谈房子的事情而已。说什么特殊的关系……这种事绝对没有!"

"您觉得这个解释能说服我吗?"

"不管有多么不能说服你,没办法,那就是事实。"

终于到了车站,奈央子跑向售票机。

"坂上太太!"加贺马上来到了她旁边。

"请别这么大声说话。大家都看着呢。"

"那么,只请您告诉我,中濑先生还活着吗?"

加贺的问题让奈央子睁大了双眼,她急忙转过脸去,走向检票口。

"坂上太太!"

"我什么都不知道!"

通过自动检票口,她头也不回地向站台走去。加贺没有跟上来。电车驶来,她径直走了进去。

奈央子剧烈的心跳难以平复,看着窗外掠过的一排排房屋,她觉得或许一切都要结束了。

一切都计算错了。只能说,一开始就迷失在了错误的路线上。

"我已经忍不下去了。我打算把上次说的话付诸行动。"

中濑幸伸在两周前说出了那个重大的决定。两个人当时在一家常去的位于红茶店附近的旅馆里。

"可是,万一失败了……"奈央子没有把后半句话说出来,光是想象已过于恐怖。

"我不想把你一直放在那种男人身边。你还这么年轻,我不想让你今后的人生断送在他手里。"

"那种事情……我不愿去想。"

"那么,就只有一条路了。"

"是吗?"

如今再次细想他们说过的话,奈央子不禁一阵颤抖。那是计划杀死隆昌的对话。

她原本一时冲动说出的一句话成了导火索,那是她躺在床上不由自主地嘟囔出来的。她说,要是他死了就好了。

这话的起因是不久之前她回隆昌老家的事。他的老家在福井县。

坂上一家人在一座古旧的和式建筑里聚族而居。隆昌一辈全是男的,他是长兄,弟弟中有两个仍是单身。

嫁给长子的奈央子简直就像保姆一样被到处使唤,或许说她是奴隶更加确切。刚到家,她就被命令为十多个人准备饭菜。

菜单都已经决定好了，食材则堆在幽暗的厨房里。她这才明白为什么当初隆昌对她说，别忘了带围裙和方便干活的衣服。

即使在一家人用餐期间，奈央子也不能坐下。她必须端菜、送酒，将用完的餐具撤下。

"嫂子，你挺累的，下面的事就让妈妈来管吧，稍微休息一下。"其中一个弟弟觉得她太可怜了，说道。

然而隆昌接下来说的一番话，让奈央子简直难以置信。

"不用，带她来就是让她干活的。妈妈你坐着。长子把老婆带回来了，还让妈妈干活，让其他人见了怎么像话！"

这时候，奈央子正在收拾用过的筷子。她看着筷子的尖头，只想把它插进隆昌脂肪堆积的脖颈里。

"哥哥真厉害，竟然能在东京找到这样的人。"

"笨蛋。这可不是找出来的，是管教出来的。对她百依百顺，只能让她在你眼前翘尾巴，平时就要严厉管教。等你有了老婆也一样，绝对不要给她好脸色看。女人嘛，就是靠管教才会变好。"隆昌喷着酒气，有板有眼地讲着他那套奇谈怪论。

交给奈央子的活还不止这些。她被使唤着给屋子大扫除，服侍隆昌长年卧床的祖父。婆婆甚至露骨地说："这可是为奈央子留下的活哟！"虽然只在那儿住了三天，奈央子的体重却减了三公斤。

如此辛劳，隆昌却没说一句慰劳的话。他在回程的电车上说的净是干活不够利索、见面行礼的方法不对之类的牢骚话。平时细声细气的奈央子终于忍不住想反驳,但公共场合让她顾虑,何况她连反驳的力气都没了,只能一路保持沉默。

她一直在心中低声咒骂:死了算了,这种男人,最好早点死!但是这种好运气恐怕不会降临,想到这里,她陷入了绝望。

在中濑面前无意说出的那句"要是他死了就好了",是她在心情缓和下来的时候顺势说出的真心话。

中濑并没有将这句真心话当耳旁风。他开始认真地考虑如何实现她的愿望。"一想到你被其他男人搂在怀里,我就忍不下去,而且是那样一个男人。"

"我也……"奈央子欲言又止。

中濑说话的口气仿佛最近跟妻子完全没有性生活似的,奈央子揣测事实恐怕并非如此,就像她也没有将自己和隆昌之间的事如实说出来一样。

"你和他恐怕没有离婚的可能性吧?"中濑问道。

"可惜,应该是这样。"

"我这边总会有办法的,只不过可能要付一大笔赔偿金。"

"我丈夫可不会接受什么赔偿金。我也没有足够的钱让我重获自由。"

"那终究只能做个了断了。"

"可这真的能行吗?"

"只能这样做了。如果不做,我们俩永远都不能在一起。"中濑起身披上了睡衣,"我把计划更具体地推敲了一下,你要听听吗?"

奈央子躺在床上点点头。

"关键就在于给你制造不在场证明。我们两个人的事应该谁都没有发现,所以我不会被怀疑。你先到外面找个地方住一夜,我趁这期间潜伏到你家里,怎么样?"

"你想制造强盗入室的假象?"

"嗯,因为警察如果要调查犯罪动机就麻烦了。"

"可是我丈夫以前练过柔道,力气大着呢。"

"我没打算跟他硬碰硬。你不是说他回家总是很晚吗?我打算在停车场埋伏好,趁他下车的时候从背后袭击。"

"怎么袭击?"

"这个,"说到一半,中濑摇摇头,"这事接下来再考虑。"

他一定已经想好了具体的方法,或许只是因为顾及奈央子,才犹豫该不该说出来。

"能让别人觉得这是强盗干的吗?"

"我会抢走他的钱包。"

用这种方式能骗过警察的眼睛吗?奈央子担心起来。他们即将实施的行动看上去十分不现实。"能行吗?要是你被警察抓进去了,那真不知道该怎么办了,我一定会疯的。"

"我会干得不留痕迹的,否则我们就没有未来。"中濑坐在床上,握住奈央子的手。奈央子用力反握,心想或许需要做好决死的心理准备。

让两人进一步坚定决心的事很快就发生了。奈央子从隆昌那里得知了一件令人吃惊的事情。下个月起,隆昌要调职去京都。

"之前我就提出了申请,现在他们终于采纳了。我下个月尽早出发,解决住房之类的问题。你也做好准备,跟人打好招呼后就过来,明白吗?"

和往常一样,隆昌并没有要向奈央子征求意见的意思。奈央子本想反驳说,忽然就这么决定让她有些为难,但他若是反问为什么不能跟他一起去京都,自己一定无法辩驳。

"你为什么要申请调职到京都?就算去了那里也得不到什么好处啊。"至少这一点她要问清楚。

"那边更近,明摆的嘛。"隆昌不耐烦地答道。

奈央子感到自己再度被一片黑暗包围。他说的"更近"应该是指离福井的老家更近。她已经感觉到了,他将来想住回老家。

"那为什么还买房子?"

"这不是问题。"

"什么不是问题……"

"和昌终归是要来东京的,我说过让他住这里。"

"这……"她心中的恨意或许正是在这个时候转为了坚定的杀意。她醒悟了,隆昌只不过将她当成自己的附属品而已。

一听说要去京都,中濑分外焦急。"必须赶紧了结,你有机会从家里脱身吗?"在他们常去的那家旅馆,他问道。

"我之前就对他说过妈妈身体不好,我想我能得到两三天时间,回娘家照顾妈妈。"

"那你赶紧跟他打好招呼吧。我也要配合你做好准备。"

"你真的要做吗?"

"真的。事到如今了,你还在说什么!"中濑抱住奈央子,"如果不在这里做个了断,恐怕我们一辈子都不能再见面了。那样也无所谓吗?"

奈央子被他搂在怀里,摇了摇头。她既不想再也见不到中濑,也不愿继续被隆昌使唤。

之后,两个人用电话一来一去地敲定了计划的细节。奈央子告诉隆昌,二十号那个星期六她想回娘家。这个请求得到了允许,但隆昌给出了一个条件,当星期一他回到家时,她必须要出现在家里。

"那就不能指望等你丈夫下班回家的时候了。星期六和星期天公司不上班吧?这样一来,只有等你丈夫在家的时候下手了。"思考片刻,中濑说,"等他半夜睡觉的时候下手。那幢房子,想要潜进去不是难事。不管他柔道练得怎么厉害，睡着了也没辙。你上次说他最近在服用安眠药吧？碰上有人袭击，他应该不会醒来。"

"可是幸伸，你能半夜不在家吗？"

"我会说那天我要出差，在外面过夜。我妻子从来不关心我的行踪，这一点没问题。"

然而，这个计划不得不马上再次修改。因为奈央子在娘家的时候，隆昌也不会在自己家里。

"我星期六晚上会回福井。星期一要去京都，赴任之前还得向那边打个招呼。"隆昌在十八号的晚上说出这番话。

十九号白天，奈央子给中濑打电话说明了情况。他也十分震惊。"那下手的机会不是完全没有了吗？"他叹息着说道。

"是啊。为什么会变成这样？难道是上天在说这种事不能做吗……"

"可别这样丧气，一定会有什么好办法的。总之，这个机会要是错过了，就全完了。"

中濑说自己再想想办法，挂掉了电话。大约一个小时之后，他又打来了。"虽然有些复杂，但我想到了一个好办法。"他在电话里说道，"你冷静下来，仔细听我说。"

中濑所说的计划确实很复杂，奈央子不得不边听边记录。

7

刑警加贺如一股不祥的风吹到奈央子家，是在隆昌死后第十二天。奈央子走到阳台晾衣服时，看到他的身影正慢慢靠近。

半路上，加贺还和一个小孩说了几句话。那是住在隔壁的安部光平。对这个不打招呼就随便进人家院子的小孩，奈央子没有半点好感。

奈央子刚下到一楼，门铃正好响了。她连对讲机也没接，直接打开了大门。

"我知道这要让您不高兴，但还是想问几个问题。"加贺略显顾虑地说道。

"请吧。"奈央子招手让他进来。加贺看上去有些意外。

奈央子把他引到客厅。奈央子和中濑曾经相视而坐的那张沙发上，现在坐着的是奈央子和刑警。

"我去找过您的朋友了，"他说道，"就是打算和您一起去静冈的那个人。"

"哦。"奈央子点头道，"我还得再次向她道歉呢。实在太忙，忘得一干二净了。她说什么了吗？"

"她很担心您，希望您尽早恢复精神。"

"是吗？给她添麻烦了，实在对不住。"

"您约她去静冈，是事发前一天的事吧？"加贺说道，"她说您在事发前一天忽然约她。她还笑着说，能够那样立刻答应，可是大龄单身女人的特权。"

是她说话的风格，奈央子脑中浮现出朋友的面孔。

"为什么您忽然这样约了她？"加贺有些严肃地问道。

"因为我忽然想了起来。毕竟我一个人回静冈很无聊。"

"那也是您提出在车站见面的吧？"

"是这样吧。我忘了。"

"而且您还指定在出租车停车处附近见面。正常来说，考虑到可能下雨，一般都会在车站里，比如检票口附近见面才对。"

"车站里人太多了，反而不好找。"

"真的是这样吗？"加贺紧紧地盯着奈央子的眼睛。

"不是这样又该是怎样？你究竟想说什么？"虽然明白一旦激动起来就等于输了，奈央子还是忍不住慌张起来。

加贺放松了肩膀。"正因为见面的地点在出租车停车处附近，所以您朋友也目击了事故。"

"啊……"奈央子撩起额前的头发，"真是太可怜了，那种场面，谁都不愿见到的。那种……恐怖的场面。"

加贺拿出记事本。"受害人正准备上车，一辆卡车冲了过来，他的身体被两辆车夹在了中间，上半身受伤尤其严重，头部完全被压扁——"

"请别说了!"奈央子用双手捂住耳朵。那时候的场面,她已不愿意再想起。

加贺合上了记事本。"这是我从负责调查那次事故的人那里听来的。听说受害人的面目完全不能识别,确认他身份的材料是他的驾照,还有他身边的家人,也就是您的证言。"

"你想说什么?"

"我也从出席葬礼的人那里听说了,因为脸被撞坏了,在您先生的葬礼上,并没有常见的打开棺盖、向逝去的人做最后告别的仪式。"

"不行吗?实际上就是如此,没有办法。"

加贺向前探身,双手放在桌上。"能听听我的猜想吗?您要是觉得是胡说八道,也可以打断。"

"听听无妨,但我马上就得去买东西了。"

"打个比方,"加贺说道,"假设有一个叫 A 的女士,杀了一个叫 B 的男士。是否故意尚不清楚,但关键的是,她并不打算去自首。于是她必须考虑在不自首的情况下如何不会被警方怀疑。这时她得到了一个叫 C 的男士的帮助。具体是怎么做的呢?她让 C 装扮成 B,让他出现在一个不相干的第三方面前。当然,完成这些之后,在尸体被发现之前,A 必须要有无懈可击的不在场证明。于是 A 立下计划,和朋友一起离开东京两三天。"

"请等等——"

"这个计划看起来进展很顺利。然而，一件意想不到的事情发生了，装扮成B的C因为事故身亡。A一下子束手无策，但有一点很幸运，尸体处于一种难以判明身份的状态。A最后大获全胜，她证明尸体是B，就这样把C的尸体当成B火化掉了。"

"荒唐透顶！"奈央子站了起来，"那你是在说棺木里的是中濑先生？"

"我想还是有确认的必要。"加贺冷静地说道，"幸好当时死者的血液还附着在事故车辆上。只需有您先生的一根毛发，就能够进行DNA鉴定。"

"我想我丈夫的毛发已经没有了。从那之后，我打扫了好几次。"

"这一点也不成问题。您先生在公司里有一顶专用的作业帽，那上面还粘着几根毛发。"

"要是这样……你尽管去鉴定或者干别的什么吧。"

奈央子快步走向厨房，往玻璃杯里倒满水，一口气喝完。她早就料到加贺会怀疑到她身上。她心头苦不堪言，甚至痛苦到几乎无法站立。

8

"那么今天我就先告辞了。"奈央子回到客厅的时候,加贺起身说道,"接下来,就靠科学的力量了。"

奈央子什么也没回答,她想不出合适的话来。

"哎,怎么这地方被弄湿了?"加贺的目光落在自己右臂的袖子上。手腕稍向上的地方沾上了水滴。

他取出手帕,朝天花板望去。奈央子也跟着往上看。

她吓了一跳。

就在加贺所坐位置的正上方,天花板已经湿透,水滴正从那里落下来。

"奇怪啊,也没下雨。这么新的房子,应该不会漏水。"

"刚才二楼的花瓶倒了。"奈央子立刻说道,"里面盛了很多水,怕是那些水给浸湿了吧。"

"那还是早点处理吧。需要帮忙吗?"

"不,呃,不必了。"

"是吗?那我就告辞了。"加贺走向大门。

加贺刚出去,奈央子立刻锁上门,不由自主地叹了一口气。

职业刑警果然很恐怖,她想,从一丁点线索马上就能看出外行人的想法。

加贺刚才所说的内容，和中濑制订的计划基本相同。不同的是，要杀隆昌的并不是奈央子，而是中濑。他直到最后都没有让她插手。虽然这是为了他们两人而制订的计划，但他决定一个人承担可能遭逢的危险。

"只有星期天能够下手，而且你出了家门后，必须让第三方看到你丈夫活着的身影。"中濑在电话里说道。

"我出了家门后，他肯定会立刻去福井的。这样不是没有杀他的机会了吗？"

"所以说，"中濑低声说道，"实际上，我打算在你出门之前就解决这事。"

"啊？什么意思？"

"也就是说——"

中濑计划，首先，奈央子在星期六的傍晚乘隙让隆昌服下安眠药。一等他睡着，奈央子就跟中濑联络。趁她向邻居打招呼的空当，中濑潜入家中，将隆昌杀死。之后，他穿上隆昌的衣服，开车把刚从隔壁回来的奈央子送到车站。车站前已经有第三方在等待，她将成为证明隆昌还活着的证人。当然，这个第三方必须是一个对隆昌的相貌不怎么熟悉的人。

"会顺利吗？"奈央子在电话里问了好几次。虽然她也深知，这种事不实际去做是预测不出结果的，但还是无法忍住不问。

"会顺利的。"中濑当即回答道。或许他也在说服自己。

然而到最后，一切的计算都失控了。

奈央子跑上楼梯，快步通过走廊，进了卧室。

一眼看去，房间内并没有什么变化，地板没有一点被浸湿的痕迹，但一楼的天花板正在漏水，原因想来只能有一个。

她走近双人床，将鸭绒被掀起来，接着取走枕头，掀开了床垫。

冷飕飕的空气触到了她的脸颊。

床垫下面有一个用木框围起来的空间。现在这个地方对奈央子来说是个秘密的世界。她仔细检查了里面的东西，并没有异常，没有道理会漏水。

奇怪——正当她这样想着的时候，走廊里响起了说话声。

"果然是在那儿吗？"

她大吃一惊，循声看去，加贺正慢慢地走进房间，一脸悲悯的表情。

奈央子的身体无法动弹。为什么明明已经离开的刑警会在这里？这个问题占据了她的大脑。同时，她又觉得这并不是什么大问题，只是早晚会到来的时刻来了罢了。

"我是从院子进来的，客厅窗户上的锁我已经预先打开了。"

他假装离开，又再次潜了进来。

"那漏水的事……"

"是这个。"加贺伸出右手，只见手上拿着一把塑料水枪，一定是安部光平的玩具。"刚才趁您离开的时候，我用这个弄湿了天花板。我想这样一来，您一定会打开那个秘密的藏身之处。请原谅我这个权宜之计，我只是想避免强行对房间进行搜查而已。请您理解。"加贺低头致歉。

"你为什么会想到尸体藏在这里……"

"因为我想不到其他地方。能够把一个人藏起来，而且能腾出一个简易冷冻室，除了床底下，我再也想不出其他地方了。特别是在这个季节，这个房间的窗户却一直开着，看上去就是要把整个房间冷却下来，对吗？"

"你一直确信我家里有尸体吗？"

"这是简单的计算。两个男人消失了，一个人的尸体被火化，那另一个人会在哪里呢？"

"是吗？"奈央子双膝跪地，"是啊，很简单。"

这个简单的计算却出了错，她想道。

"让我产生这个想法的，是邻家女主人的一番话。"

"安部太太的话？"

"她说，葬礼之后，您光吃冷冻食品。听到那里，我不知为何觉得您需要用到冰箱。我最先想到的是，尸体会不会被切成小块冻了起来？"

"怎么可能……"奈央子摇头道。光是听到这种可能就让她起了鸡皮疙瘩。

"嗯,这种事对您来说是很难办到的,而且看这里的冰箱的大小,无论将尸体切割得如何高明,都不可能收纳一整具尸体。于是我思索是不是有别的可能性。这时,我发现这附近有好几家药房,我就拿着您的照片——"

奈央子叹了一口气。"有人记得我?"

"有好几个人呢,"加贺说道,"一口气买下四五个冰枕的人,恐怕不是很多。"

"是啊。"奈央子隐隐笑了起来,这是自嘲的笑。"果然当初应该多跑几家药房的……"

"我还问了便利店。在车站前的那家店,我得知您几乎每天都去那里买冰块。从便利店买来冰块,回来的路上到花店转一圈,这是您每天的功课。"

"冰块……重死了。"

"能让我看看'棺材'吗?"

"好的,"奈央子从床边退后一步,"请吧。"

加贺凑到床前。或许是为了防止留下指纹,他戴上手套,朝里面看去。

奈央子盯着他的脸。加贺瞬间显出诧异的表情,眼神中充满不可思议,最终震惊不已。"这是……"

"是的,"她点头道,"和你想的不一样吧?"

"这是怎么回事?"

"计算错误。一切都算错了。"说着,她的视线低垂下来。

床中的棺材里躺着的并不是坂上隆昌,而是中濑幸伸。

9

二十日傍晚,向隔壁的安部绢惠打过招呼之后,奈央子回到家里。按照当初的计划,应该是实施完罪行的中濑幸伸在等着她。

然而那个时候,在大门口迎接她的却是隆昌。

他手中拿着奈央子的行李。

"再不快点的话就误点了。她不是在车站等着你吗?"说完,他穿上鞋,快步走了出去。

奈央子不明白发生了什么。她从后面追上时,隆昌正要坐进车里。

计划可能改变了,她心想。一定是中濑那边出了什么情况,不得不中止了计划。这么想着,她虽然感到几分可惜,但终归安下心来。她不想犯下杀人的重罪,也不想让中濑犯罪,这样的想法占据了她大半的心思。今后的事等回到静冈再说,她想。

丈夫在车里一直沉默不语。她并没有深究原因。妻子不在家的时候，他总是不高兴。

丈夫开口说话，是在眼看就要到车站的时候。"奈央子。"他声音低沉。

听到声音的一瞬间，奈央子不知为何背脊凉了半截，她预感到将会有什么不好的事情被说出来。

"你可别小看我。你在家里干了些什么，我可全都知道。"

"……什么事？"

"等你从静冈回来之后再告诉你。总之，在这件事上，犯错的是你们。"

"你们"——既然他用了这个词，那他显然已经知道了奈央子和中濑的关系。这本身就是一个打击，但奈央子更担心的是中濑的下落。

然而她不能问丈夫。就在这种状态下，车到了车站。

隆昌停下车，打开后备厢，将奈央子的行李拿了出来。他用针一样锋利的目光瞪了她一眼，准备坐回车里。

事故紧随其后发生了。

究竟发生了什么，她没有马上明白过来。她刚刚坐过的那辆车的侧面被一辆卡车撞上，嵌了进去。在她听来，周围的骚动声和人们逃跑的声音远得像是隔着玻璃传过来的。

每当她努力回想之后的事，总是一片混乱，她甚至记不清警察是在医院还是在警察局对她进行了询问。她费了很大力气才想起，本打算一起回静冈的朋友一直都陪在她身边，直到把她送回家中。

然而，之后的事让她难以忘记。她浑身木然地走进卧室，在打开灯的瞬间，整幅画面跃入眼中。

中濑幸伸横躺在卧室的地板上，看得出已经死了。但奈央子还是跑到他身边，试着摇了摇他的身体，祈求他能睁开眼睛。他没有半点反应。

一切都明白了。中濑反倒被隆昌杀了。隆昌并没有服下安眠药，恐怕他早已察觉中濑和奈央子的计划，假装睡着等待着中濑。

隆昌是否一开始就抱有杀机，她不得而知。刚发现中濑的尸体时，她觉得他是被蓄意杀害的，随着时间推移，她又开始觉得或许并非如此。隆昌或许是想警告一下中濑，不要再接近自己的妻子，因为中濑的身体上并没有明显的外伤。仔细观察，才能隐约在脖子上辨认出手掐的痕迹。精通柔道的隆昌可能只是想通过掐脖子来警告一下，但用力过度了。

"犯错的是你们。"隆昌的声音又响了起来。这难道就是他为失手杀掉中濑而给出的借口吗？

毫无疑问，真相已经弄不清楚了。

确定无疑的是，隆昌知道奈央子和中濑的计划。整理隆昌的桌子抽屉时，奈央子翻出了一盒录音带。她听了一下，发现上面记录的是她和中濑的通话。看来，隆昌是在电话上安装了窃听器。他应该是察觉了两个人的关系，为了确认才安装的。然而窃听器却录下了他们想要杀他的计划，他一定对他们抱有强烈的恨意。

星期六和星期天去福井也是隆昌的幌子，这么说只是为了让他们对这个计划死心。然而中濑却想出主意，要在奈央子出发之前实施行动，所以隆昌将计就计，做好了埋伏。

"给中濑的妻子打电话的，应该就是您先生吧？"听奈央子说完，加贺问道，"他恐怕认为，这样一来，你们两人就不得不分开了。"

"既然他知道我和中濑的事，为什么不直接对我说？"奈央子说道。这并不是向加贺询问，而是在自言自语。

"男人有各种各样的类型。有些平时粗暴，没头没脑，一到关键时刻却什么也不说。如果对方还是自己爱着的人，那就更不用说了。"

"你说我丈夫爱着我？"

"是的，"加贺点头道，"我想是这样。所以他才会在杀掉中濑之后，先把您送到车站。他应该是想趁您在老家的时候，一个人将尸体处理掉。如果他不爱您，一定会让您也帮忙收拾尸体。"

奈央子低下了头。或许是这样,又或许不是这样,事到如今已经弄不明白了。对她来说,是或不是也都无所谓了。

"我想问一个问题。"加贺说道,"您这样保存中濑先生的尸体,究竟打算怎样处理?打算有朝一日埋掉或者火化吗?"

"怎么可能,"奈央子轻轻笑了一下,"这种事情我是办不到的。"

"那么……"

"我也不知道怎么办。"奈央子说,"发现他的时候,我最先想到的只是不能让人发现,于是我不计后果地把尸体藏在了床底下。接下来担心的是尸体会腐烂。因为丈夫的事,我在和殡仪馆的人谈话时得知,在葬礼被推迟的情况下,要用冷冻材料将尸体冻住。我想着自己也可以试试,于是在床的内侧贴了泡沫塑料,将二十个冰枕放了进去,又把另外二十个放到冰箱里冷冻,每天晚上取出来替换。真是很辛苦。我知道不能一直这样下去,但又不能停下。"接着,她长叹了一口气。"老实说,被加贺先生你看见了,我倒觉得松了一口气。"

"能借电话用一下吗?"

奈央子指了指房间的角落。梳妆台上放着无绳电话的分机。

加贺走过去,拿起分机。一阵拨号的声音传来。

"喂,是组长吗?我是加贺。不出所料,在我提到过的那幢房子里发现了尸体。情况紧急,请派人过来。我把地址说一下,练马区——"

听着加贺打电话,奈央子将手伸向了棺材。

中濑幸伸还是像被她发现时那样,面目安详,双眼紧闭。在他的尸体周围,雏菊连同冰块和冰枕装点在一起。

那是他曾送给奈央子的花。

"雏菊的花语是'深藏于心的爱'。"他像个少年一样,脸颊微红地说道。

奈央子碰了碰他的脸颊,感觉如石头一般冰冷而坚硬。

"再见了。"

面对着冰冷的脸颊,她流下了眼泪。

朋友的忠告

1

给宠物猫维基喂完食的时候,电话响了,是妻子峰子打过来的。

"给维基喂食了吗?"她第一句便问道。

"刚刚喂完。"荻原保一边回答一边看着手表,刚过晚上七点。"你的计划没变吧?"

"嗯,看来明天午后才能回家。"

"是吗?难得和大家见一面,好好享受,没关系。"

"你今天晚上是跟别人一起聚餐吧?"

"谈不上聚餐,见个老朋友。"

"是吗?别玩得太晚了,这段时间你工作一直很忙,可得休息一下。"

荻原叹了一口气,握好无绳电话。"你就别为我操心啦。看时间我马上就得出门了,我挂了啊。"

"啊,好的。总之,别勉强自己哦。最好吃了维生素药片再去,再喝些平时喝的电解质饮料。"

"知道了,知道了。"

挂断电话后,萩原披上搭在餐椅靠背上的上衣。想起妻子刚才说的话,他打开橱柜的抽屉,取出一个装有白色维生素药片的玻璃瓶。

他倒出两片药放在手上,走进厨房,找盛水的杯子,杯子却不在平常放着的地方。他只好从另一排架子上拿出一个巴卡拉水晶做的白兰地酒杯。从净水器的龙头接了水,将药片放入口中,就着水一口气吞了下去,立刻感到喉咙被卡住。他很不喜欢这种感觉。

他打开冰箱,从门内侧的架子上取出一个小瓶子,里面装的是电解质饮料。他扭开还粘着价格标签的盖子,咕嘟咕嘟地喝了个精光。一股令人不悦的甜味在口中扩散开来,这也是他不喜欢的。于是他又喝了一口水,清了清口。

走到家门口穿鞋时,他发现鞋柜上贴的画换了。直到昨天还是一幅描绘行驶在高速公路上的车的画,今天变成了一幅鱼的画,是用彩色铅笔画的,不知道究竟是什么鱼。蓝色的鱼朝右游着,同一个方向上还有一艘帆船,二者或许是在竞速。

独生子大地很喜爱画画,在同一所幼儿园的孩子中,他的画技出类拔萃。岳母曾一本正经地说,希望他将来成为一名画家。荻原却全然不抱这种期望。他想,自己还是个孩子的时候,也能画出这种水平的画,但他现在却干着跟绘画完全无关的工作。才能这东西,不是简简单单就能发掘出来的。

大地现在跟着母亲峰子一起回了外婆家。今天白天,峰子要去参加高中同学的聚会。

荻原走到外面锁好门,坐进停在车库里的奔驰。车库有两个车位,另一辆菲亚特已经被峰子开走了。

荻原发动引擎,在晚上七点二十分从横滨的家里出发。他和朋友约在八点钟,见面地点是涩谷。或许要稍微迟到一会儿了,荻原想着,要是这路没这么堵该多好。

即将驶上东名高速公路的时候,他的手机响了,是公司的一个职员打来的。今天是星期五,也是三连休假期的第一天。然而在荻原的公司上班的人,不用说假期,就连周末也从未奢望得到休息。

"日升大厦的事,我们已经和装修公司商量过了。他们应该能按我方的要求完工。"

"估价呢?"

"超过了预算额的百分之七,最后成交。"

"OK,这样就好。临时停车场的事怎么样了?"

"还差两百个车位。长坂已经帮了忙,但近期看来还是有困难。要是范围能扩大到步行五分钟之内的距离，那倒是有备选的地皮。"

"你找找步行四分钟之内的地方吧。"

挂断手机的时候，他刚好到了高速公路的入口。

萩原看看表，计算了一下时间。看来要迟到一会儿，他盘算是不是要给餐厅打个电话，于是又拿起手机。

就在这个时候，一阵睡意忽然袭来，他意识到全身的神经都迟钝了。

不行了，怎么回事——

他握着方向盘，交替看着前方的路和手机屏幕。今天约好的餐厅在哪儿来着？新宿？不，不是的，是涩谷。

伴随着头痛，他有种意识渐渐模糊的感觉。这样下去会出事故的，还是停在什么地方稍微休息一下比较好。能在哪儿休息？这前面应该有个服务区，是在海老名吗？不，海老名比横滨更远。

奇妙的幻想出现了。道路的正中间，大地正在招手。不，那怎么会是大地！我在干什么？

他梦见自己飞上了天。啊，这是梦境，他意识到了这一点。不知何处有鸟在鸣叫，奇怪的叫声。

太吵了——

2

"我说过多少遍了！礼仪小姐少了几个没关系！把懂技术的人带来，但要找能说会道的技术人员。尽量找年轻的。你自己想想，客人来这儿是看什么的？可不是来看什么穿超短裙的小姑娘。来的都是些宅男，电脑宅男和游戏宅男，他们喜欢讨论艰深的话题。你就把能谈论艰深话题的人召集起来。明白了吗？"

挂断装在病房里的电话后，萩原用左手操作摆在辅助小桌上的电脑，准备查邮件。因为身体不能自由活动，迟缓的动作让他很焦躁。

"有天大的事也不能在这时候工作嘛。"从盥洗室出来的峰子一脸吃惊地说道。萩原看出她刚才去补妆了。

"你这么说也没用，这一个星期来我什么都没干。要补回这些落下的工作，得通宵两三天才行。我必须把落下的工作减到最少。"

"可是，这样一来就康复不了了。"

"要是待着不动，折断的骨头就能马上愈合，我一定待着不动。"萩原盯着电脑屏幕说道。

峰子不说话了。萩原心想或许她并非表示罢休，只是觉得说了这些话已经尽到了妻子的责任。

两记敲门声传来。"会是谁呢？"峰子说着朝门口走去。

开门的瞬间，她"哎呀"了一声。萩原从他的位置上看不到来访者。

"是加贺先生。"峰子说道。高大的加贺从她身后出现了。

"哟，"抬头看着朋友的脸，萩原说道，"又是你呀。"

"怎么了？我来给你添乱了吗？"

"我只是没想到你把友情看得这么重，吃了一惊而已。还是说练马警察局很闲？"

"要是我们很闲就好了，那正说明社会安定，可惜不是那么回事。今天我有事要到这附近来调查，顺便就过来了。"

"什么嘛，顺便啊。这么说来，你手上拿着的也不是礼品喽？"萩原看着加贺的手说道。这位朋友正提着一个小塑料袋。

"嗯，这可不是。这是我的便当。"

"真行啊，刑警拿着便当去调查！刑警可必须这么干。"萩原笑了，感到胸口和侧腹一阵疼痛。是肋骨骨折的缘故。

"加贺先生，要喝点什么吗？"峰子问道。

"不，我就不必了。"加贺摆摆手，"倒是您要是有什么要办的事，就赶紧去办吧。我会在这里待一会儿。"

峰子闻言，不住地眨着眼睛。"啊，是吗？可是⋯⋯"她脸上浮现出犹豫的神色，朝丈夫看去。

"没关系。加贺难得这么说，你也要出去买些东西了吧？"

"嗯，这倒也是。"

"你去吧，回来之前我会把他留住。虽说他是警察，但现在又没被派任务，晚点回警察局也不碍事。"

"怎么这样说！那你愿意留下来吗？"峰子抬眼看着加贺说道。

"嗯，没关系。"

"对不起，我会尽量早回来的。"说完，峰子拿起上衣和爱马仕手提包。"你用电脑也适可而止吧。医生不也说过对身体不好吗？"

"啊，知道了。马上就完事了。"

"那就拜托了。"峰子对加贺说完，走出了病房。

房间里只剩下两个人，加贺仍然没有坐下，而是先走到了窗边。"十五层的景色真是不错，还是在这样豪华的单间，就算在此长期卧床也不赖。"

"不管多好的景色，身子动不了，连看都看不到。我的肛门从今天早上开始就痒得不得了，可绑着石膏绷带又挠不了。这份苦头你肯定是不知道的。"

荻原的话让加贺哧哧地笑了起来，他一边笑一边往回走，在病床旁边的椅子上坐下。"那，怎么样了？还好吗？"说这句话时，他的笑意已完全消失了。

"看来暂时是动不了了，但不影响以后走路。"

"我刚才问过医生了，脑部没有什么异常。"

"这可是万幸。这玩意儿要是弄坏了，就没饭吃了。"萩原用左手指着自己的脑袋说道。

萩原的车在东名高速公路上猛冲向侧壁的事故发生在一周前。所幸当时他的后面没有其他车，没有诱发二次事故。他的腿、腰、胸和肩部合起来有十几处骨折，如果后面再有车撞上来，恐怕情况将更严重。医生保证，只要进行康复治疗，他总有一天能像受伤前那样活动。

"趁这机会稍微休息一下吧，像拉车的马一样不断地跑，是不会成功的。"

"你们都说一样的话。"萩原一阵苦笑，"不过这可能有点道理吧，这次事故让我意识到了。本来我还对自己的体力挺有自信的，果然还是上岁数了，竟然会疲劳驾驶，真是可悲。"

加贺闻言，什么也没有回答，只是目光低垂了一会儿，接着他站起身朝门口走去。响起了房门开闭的声音，随后他走了回来。

"那么……"加贺坐回椅子上，"那天你要跟我说的是什么事？"

"啊，"萩原犹豫了一下，思考片刻后说道，"不，没事了，没什么大不了的。"

"什么啊，可别用这种提防人的口气。"

"真的，区区小事罢了，就算说给你听也没用。特意叫你出来真是不好意思。"

"就为了这个没什么大不了的事，你强打精神，忍住睡意，在高速公路上撞了车？"

"我也不知道是哪儿出了问题。或许这也是因为疲劳了吧，脑子不灵光，把一些不起眼的事夸大了。这些天好好调理了一阵，我觉得没有必要再找你商量了。总之就是这么回事，你忘了它吧。让你担心了。"

"我非常担心。"

"对不起，无论如何请原谅。"荻原躺在床上，一副想要低头致歉的样子。

加贺把目光移向桌子上的电脑，毫无疑问，他此刻并非在思考电脑上显示的图表和数据表示的意义。荻原想象着这位头脑敏锐的朋友正在思考什么问题，感到不安。

荻原现在的工作是承包各类企业的产品生产。他经营着一家员工数十人的公司。之前，他在一家广告代理公司工作，他和加贺再度见面就是在那个时候。加贺是他读大学时同在社会学系的同学。他们在读书时关系并不怎么亲密，却在重逢后不可思议地投缘。这或许是因为只能帮别人跑腿的他，和刚当上警察、必须卖力工作的加贺的心情是一致的。从那以后,他们每年都要见几次面。加贺原本在他的印象里是个只会练剑道、头脑简单的运动型男人,但只是见了一两面,这个印象就完全改变了。

发生事故的那个晚上,萩原要见的正是加贺。当时他想告诉加贺一件事,但现在他已经没有这个心思了。

事故发生没多久,因为萩原迟迟没出现,加贺拨打了他的手机。接电话的并不是萩原,而是神奈川县县警本部交通科的警察,加贺因此得知了事情的原委。萩原的手机没被毁掉可谓奇迹,或许是因为他的身体充当了缓冲垫。

萩原被送往川崎市内的一家医院,加贺立刻赶到了那里。萩原当时还在昏迷。

警察和医院正因无法和萩原的家人联系而困扰。他们联系了萩原家附近的派出所,那边派人去看了一下情况,发现家中没人,打电话过去也只有录音电话的答复。

加贺当即前往萩原家。他无论如何都要找到能和萩原的妻子联系上的方法,一旦有必要,他还打算进入家中,为此,他从萩原的随身物品里取出了家门钥匙。

然而他刚出发,医院就接到了萩原的妻子峰子打来的电话。据她说,她在外面听到家中的电话录音,知道丈夫出事后吓了一跳,现在正要赶往医院。

大约两个小时后，峰子和加贺一起出现在医院，他们恰好在萩原家的门口碰上了。加贺到他家的时候，她的车正停在门口。

以上经过萩原本人当然不知道，是听了妻子和加贺的叙述才知道的。三天前，他的身体才恢复到能仔细听清他们说话的状态。

"怎样都说不通啊。"加贺嘟囔了一句。

"什么？"萩原问道。

加贺转向他，做了个深呼吸。"你疲劳驾驶的事。"

"我不就是累了嘛。我也是有血有肉的人啊。"

"不。"加贺慢慢地摇头，"无论怎么疲劳，你也不是那种会在驾驶时睡着的人。"

3

沉默一会儿之后，萩原笑了起来。

"真是谢谢你这么评价我，但事实上，我就是开车睡着了，我也没办法。像我这样的人，性格可比你想的要马虎。"

加贺并没有附和着萩原笑起来，反倒将手伸进上衣口袋，取出一个小记事本。他微微蹙额，打开记事本。

"那天白天,你在品川出席了一个和发型设计大赛有关的会议吧?之后,你在滨松町和广告代理公司的部长见了面。这日程没错吧?"

萩原仔细地端详着朋友的脸。"究竟是怎么回事?你核查我的行踪有什么用?"

"回答我的问题,没错吧?"

萩原叹了口气,答道:"嗯。"

加贺点了一下头,在记事本上写了些什么。

"我问一句,你是从谁那里打听到的?我们公司的人吗?"

"是的。"

"我都说过了,不准和公司以外的人多嘴。"萩原抱怨道,"公司在经营什么业务,居然简简单单就泄露了。那些家伙肯定是被警察手册吓坏了,一时间编不出合适的谎话,真是群没脑子的人。"

"要是对我撒谎,也不过是让我重新问一遍罢了,因为我决心要找到证据。"

听了加贺的话,萩原摇了摇头。"你问得这么详细是要干什么?"

加贺从记事本上抬起目光,直直盯着萩原。"这个我最后会回答的。"

"现在就回答我!"

"等问完所有问题之后再说。"加贺的目光又回到了记事本上,他一边看一边问道,"根据峰子和大地的话,当天早上,你吃过早饭就出门了,那时他们两个人还在家中,是吗?"

"是的。你找了大地吗?"

"昨天找的。"说完,加贺的表情忽然平和下来,"他长大了呢。"

"明年就上小学了。以后还有数不清的麻烦事呢。"

大地出生几个月的时候,加贺曾到访过萩原家。他带了一个地球仪作为礼物。这个地球仪现在正放在大地的房间里。

"我看见那幅画了。"加贺说道。

"画?"

"鱼的画。贴在你家玄关的。"

"啊。"萩原轻轻笑了,用左手挠了挠眉梢,"怎么样?我们家的一帮人和幼儿园的老师都说他有天赋。"

"画得怎么样我可不懂。不过,"加贺歪了歪头,"我觉得大地是个老实的好孩子,什么都按他看见的样子老老实实地画出来。我有这种感觉。"

"你没有必要跟我说客套话。"

"我只是说出心里的想法而已。你带大地去过水族馆吗?"

"没,还没有。只是有这个打算。"

这段时间,萩原才发觉自己从来没有带儿子出去玩过,这次的三连休，对萩原家来说也没有半点假期的感觉。他想起大地以前说过想去八景岛的海洋公园。

"等我身体好了，是不是该带大地去水族馆之类的地方呢？"他小声说道。

"那不错。"加贺说完笑了，露出了洁白的牙齿。

"问题就是这些吗？"

"不，问题从现在才开始。"加贺的表情再次严肃起来，"你离开家之后，出席了那个有关发型设计大赛的会议，午饭是在那里吃的。然后和一家广告代理公司的部长在咖啡馆见了面，你在那里喝了咖啡。"

"你都查到这个地步了吗？"萩原发出一声感叹。

加贺没有回答，而是继续他的话。"和广告代理公司的部长分别后，你没有去别的地方，直接回了家吗？"

"是的。"

"几点？"

"记不清了，可能是六点半多吧。"

问到这里，加贺抬起了头，直起后背，稍稍挺胸。

"这不是很奇怪吗？你和广告代理公司的部长是在滨松町见的面吧？你和我约好晚上八点在涩谷见，为什么要特地回横滨的家里一趟？"

"因为猫。"

"猫？"加贺瞬间露出惊讶的神色，接着想起什么似的点点头，"就是那只美国短毛猫吧？"

"你见过吗？"

"出事那天晚上我不是去过你家吗？就是那时候看到的。猫怎么了？"

"我白天接到峰子的电话，她说忘了往盘子里放猫粮了，所以她要我无论如何都得空出时间来给它喂食。"

"所以你就特地回家了吗？"加贺显得很吃惊。

"没有办法，既然养了宠物，就得认真对待。这也是为了教育大地。"

"这样啊。"加贺似乎领会了，点了两三下头，"你太太常常会有这种情况吗？我是说，她常常会忘记给心爱的宠物喂食就出门吗？"

萩原没有马上回答，而是看着加贺的眼睛，想知道这个问题究竟意图何在。加贺的眼中仍然荫翳浓重。萩原一瞬间猜透了朋友的目的，他感到用石膏绷带固定住的上身渗出了汗水。

"她也很忙嘛。像这样一不小心就忘了，也不是没有过。"萩原谨慎地回答道。

"你几点出的家门？"

"过了七点，但准确的时间我说不上来了。"

"从发生事故的时间和位置来推测，应该是在七点十五分左右，至少也是七点十分。据说你公司的人拨打过你的手机。"

"啊，可能是这样吧。"他事先居然把所有事情都调查了一遍，萩原暗暗惊叹。

"你能不能把你出门前干过的事尽量详细地说一说？"

"你这家伙，一直在问些什么？我不是说了我特地要回家的理由吗？是给猫喂食。想知道猫粮的牌子吗？是'爱喵'牌罐头。"

"我知道猫吃了爱喵。可是你呢？"

"我？"

"你吃了什么吗？"

听到这个问题，萩原轻轻摆了摆左手。"喂，你忘了吗？那天我可是约你一起吃饭的，为什么我还会在出发前吃东西？"

"那你喝了什么吗？"

"没喝。"萩原不耐烦地说道。

加贺暂时合起记事本。他低下头，似乎是对什么感到失望。过了一会儿，他离开椅子，向床靠过来，表情中似乎有一种想要倾诉什么的苦闷感，这让萩原吓了一跳。"我说，萩原，你把实情说出来吧。你一定是喝了什么东西。要是你忘了，就努力想想吧。"

萩原忽然感到口干舌燥。他预感到自己一旦开口，声音就会变得嘶哑。他强令自己不能在这时露出狼狈相来。"你这不是在问奇怪的问题吗？那你说我究竟喝了什么？"

加贺用唾液润了润嗓子，喉结上下动了一下。他凹陷的眼窝显得比平时更深，投出直勾勾的眼神。

"安眠药。"这位朋友说道，"你喝了安眠药。"

4

电话响了起来，是这间病房配备的电话，放在从床上伸手就能够到的地方。萩原一语不发地拿起了话筒。

打电话来的是公司的部下，讲的是有关电脑展会的事情。

"这些就交给你了，你和内田商量一下。那就拜托了。"

挂断电话后，萩原心想，今天公司里一定有传言说老板的情况不正常。给老板打电话，却没收到什么指示，这是他们从来没遇到过的事。

"看来你还是没能在医院里好好休息。"加贺带着苦笑说道。

"完全没有，但坐着不动也不合我的性格。话说回来，"萩原回头看着朋友轮廓鲜明的脸说道，"你刚才说了件怪事，说什么安眠药。"

"啊，是说了。"

"你说得真蹊跷。为什么我出门前非得喝安眠药不可？简直就是自杀行为。"

"你不是会自杀的人。"

"当然了。"

"所以说，"加贺脸上的表情消失了，接着说道，"你是被人下了安眠药。"

"被谁？"萩原问道。

加贺没有回答，他移开目光，朝窗户看去。

"你回答我，是谁给我下了安眠药？"

"是能给你下药的人。"加贺依旧看着窗外。

"这样的人不存在。"萩原断言道，"你好像没有在听我说话。我再说一遍，我在离开家之前，什么都没有喝过，什么也没吃过，只是在和广告代理公司的部长见面时喝了咖啡。还是说那杯咖啡里被下了安眠药？要是这样，那个部长就是罪魁祸首了。"

"你喝安眠药是在回家之后，跟咖啡没关系。"

"喂，加贺，你的耳朵有问题吗？我不是说了什么都没进过我嘴里吗？"

"不。"加贺转脸看着萩原，"你一定喝了什么东西，那里面就放了安眠药。"

"你不要太过分了！"萩原吼了起来，"我知道你是个能干的刑警，可是你不要把一切事物都放进你扭曲的目光里。你知道你在说什么吗？有人要害我性命——你就是这个意思吧。"

他的怒色并没有改变加贺的表情。加贺抱起胳膊，叹了一口气。"事发那天夜里，我去过你家，为的是找到能和你妻子联系上的方法。可是你妻子已经知道了事故的情况，回到了家中。她要为住院做各种各样的准备，我就在起居室等她。"

"我听说这事了。你是那时候看见维基的吧？"

"维基？"

"那只猫。"

"啊，"加贺点头，"是的。可是除了猫以外，我还看到了别的东西。"

"什么东西？"

"白兰地酒杯。就放在厨房的水槽里。"

巴卡拉水晶沉甸甸的触感在萩原被绷带缠住的右手上复苏了。

"那又怎么了？我这样的人也是用得起白兰地酒杯的。"

"你用酒杯在什么时候喝了什么？"

"这个……"萩原舔了一下干燥的嘴唇，"这种事我不记得了。既然是白兰地酒杯，那喝的应该就是白兰地。白天我是不可能喝的，那就是前一天晚上——"

然而这句话才说到一半，加贺就开始摇头了。"你喝的恐怕不是白兰地，而是水。厨房里装了净水器，你应该是拿它接了水。而喝水的时间既不是前一天晚上，也不是那天早上。你是在傍晚，在和我见面之前回到家时用的那个杯子。"

"你还真够自信的。"

"你之所以会用酒杯，是因为你找不到水杯。你喝的是普普通通的水，对吗？"

"可能是这样吧。可你怎么就能断定是在那天傍晚？"

"我去看的时候，水槽里只有一个白兰地酒杯，并没有其他餐具。你觉得是为什么？"

"这种事我可不知道。"

"其他餐具都放进洗碗机了。那天早上，峰子把堆积在水槽里的餐具全都放进了洗碗机，按下开关后就出了门，因此你想喝水时才找不到杯子。说到这儿，你该明白了吧？如果你是前一天晚上用的白兰地酒杯，它一定会在那天早上被放进洗碗机。"加贺不给萩原任何插话的机会。

萩原感到心脏剧烈地跳动了一下，那天的状况浮现在眼前。说起来确实如此，当时水槽里什么也没有。

"怎么样？"加贺问道，试探他的反应。

萩原呼地叹了一口气，他心想，正如传闻所说，这个人的确是个优秀的刑警。

"我可能是喝了些水，"他说道，"可只是喝了水，其他什么也没喝。难道那个净水器里被下了安眠药吗？"

"我也怀疑过净水器，但我认为可能性很低。"加贺一脸认真地说道,"你有没有就着水吃过别的东西?"

"你真烦人。我只喝了水!"

"橱柜上摆着维生素药瓶,"加贺冷静地继续说道,"而且盖子有些松。你是一手拿着药片,另一只手拧的瓶盖吧?"

萩原用左手挠挠额头,想要避免露出狼狈的表情。"我想问一下,你平时都是这样的吗?"

"什么意思?"

"你到别人家里的时候,都是毫无顾忌地到处观察吗?看看厨房台面上留下了什么餐具,看看药瓶的盖子是不是松了。"

加贺的嘴角微微上扬,但并没有持续多久。"说不上经常,我只是在觉得必要的时候会这么做。"

"你这样说也太奇怪了,为什么你觉得有必要观察我家的情况?"

"发生了不正常的事故,有了不正常的情况,就得怀疑这背后是不是另有隐情。这是刑警必备的能力。"

"不正常的事故?不正常的情况?你在说什么?我听不懂。"

"我一开始不就说了吗?你无论累成什么样子,都不是会在驾驶时睡觉的人,但你发生了事故。这件事让我觉得不正常。"

"只是这一点吗?"

"如果仅仅因为这一点,我是不会起疑心的,只会觉得萩原看来也不是铁人。让我产生疑虑的,是后来发生的事。"

"什么后来的事？"

"荻原，"加贺把声音压低了，看上去似乎在顾忌什么，"要是你听说亲戚或家人遭遇事故了，你会怎么做？一般来说，不是会马上赶到亲人身边吗？"

"这个……"

"从横须贺到这家医院，最快的路线是从横滨横须贺高速转入第三京滨路。谁都会这么走，因为全程都能走高速公路。然而她却……"加贺停顿了一下，接着说道，"特地下了高速公路，回了一趟家。正常来说，难道不会觉得这很蹊跷吗？"

5

荻原想要翻个身，但他几乎全身都被石膏绷带固定住，完全不能动弹。我已经没有力气了，荻原想道，如今的我，谁都能轻而易举地杀掉。

"按你的意思，你是在怀疑峰子。我最讨厌别人对我的家事说三道四，但我暂且把这看成是你出于职业习惯说的话，这回先原谅你。但我要给你一句忠告，你太讲逻辑了。人可不是这么有逻辑的。峰子接到消息后没有马上赶来，而是回到横滨的家里，这并没有什么特别深远的意味，只是不知不觉这么做了而已。就算你去问她，她恐怕也只能这样回答你。你想得太多了。"

加贺将记事本放回上衣口袋，拨了拨额前的头发。"那天晚上，我先从你家出来，在外面等着峰子。我也是开车去的，所以打算给她的车做向导。很快她就出来了，手上还拿着东西。我以为是装了你的睡衣或者换洗衣服的包，但并不是这样。你猜是什么？"

"不知道。是什么？"

"垃圾袋。"加贺说道，"她拿着一个白色的垃圾袋，将它扔到了对面的垃圾收集站。"

"那又怎么了？出门顺便扔一下垃圾，有什么不对？"

"丈夫被抬进医院的时候，还会操心垃圾吗？"

"我都说了，人可不是有逻辑的。第二天是星期六，是我们那一带每周一次的不可燃垃圾收集日。要是错过了那天，就不得不再等一个星期。峰子忽然想到这件事也不是什么不可想象的。总之，"萩原一口气说到这里，瞪着加贺，"她为什么要杀我？她没有理由。"

"是吗？"

"你说有吗？"

"那我再问一遍。那天你要找我说什么？不是工作的事吧？那没必要和当刑警的我来谈。这样的话，就只能认为是家里的事了，而且是你妻子的事。因为抚养孩子的问题就算对我这个单身汉说了，我也拿不出办法。"

萩原慢慢地摇头，想表示极度的惊讶和不满。"在峰子回来之前把话说完吧。这样下去，说不定你一见到她就要亮出手铐了。"

"峰子恐怕短时间内不会回来，"加贺说道，"对此你也隐约明白吧？"

"你什么意思？"

加贺再次把手伸进上衣口袋，拿出一张照片。"我想她去了这里。这地方从医院开车大概要二十分钟。"

萩原接过那张照片。上面是一幢像公寓一样的建筑，门前有个公园。

"这是葛原留美子的公寓。你应该知道她吧？"加贺问道。

"她是花艺教室的老师，峰子就在那里上课。这怎么了？不，我先要问问，你为什么会有这张照片？什么时候拍的？"

"三天前拍的。"

"三天前……"萩原的目光从照片移到加贺的脸上，"你在监视峰子吗？你跟踪她到了这里？"

"如果你想说我卑鄙，说多少句我都不介意。我本来就是干这个行当的。为了达到目的，什么都干得出来。"

"不仅是卑鄙，更是可悲的行当。"萩原把照片放在床头，"抱歉，我不想再听你说下去了。请你拿着这张照片回去吧。"

"我不能这么做。我不想眼睁睁地看着我的朋友遭受不幸。"

"灾难已经过去了,你看我这绷带。"

加贺没有回答。他将照片拿在手上,然后转向萩原。"你应该也发觉了,葛原留美子和峰子的关系。"

他的话刺中了萩原的内心。萩原感到胃部上方变得沉甸甸的。

"你在说什么!"他好不容易说出一句话来,声音却有些嘶哑。

"当我开始怀疑峰子的时候,我以为她和别的男人有特殊关系,于是就监视了她的行动。但完全没有迹象表明她在和男人接触,她频繁出入的是一个独身女人的住处。我想会不会是我猜错了,但是一打听那个和她交往的女人,我吃了一惊。"加贺痛苦地皱起眉,慢慢地眨了一下眼,接着说道,"葛原留美子一年前还和另一个女人生活在一起。好几个与她们相关的人证实,两个人看上去并不是单纯的室友关系。那么,如果把峰子看成她那个室友的替代者——"

"够了!"萩原打断了加贺的话。

6

"你果然已经知道了?"加贺问道。

"有关葛原留美子的传闻,我也略有耳闻,只是我绝不相信峰子会成为她新的交往对象。她去葛原那里，只是想学习花艺而已。"

"萩原，别再撒谎了。你并不相信峰子，只是想要相信她而已，是吧？"

"哪里撒谎了！我根本没撒谎。我说的是事实。"

加贺忽然站起来，心烦意乱地挠着头，在狭窄的室内来回踱步，最后又回到椅子前，但没有坐下。

"说实话，我到这里之前仍是半信半疑的，我不愿想象峰子想要杀你，但让我确信这一点的正是你的态度。你坚持说你在出门前什么也没吃。为什么要撒谎？因为你也在怀疑自己被她下了安眠药，不敢对我这个刑警说出实情。不是吗？"

"这不是笑话吗？如果我这么怀疑，我会毫不迟疑地告诉你。我可不是一声不吭让人杀死的老实人。"

"是吗？你不是不愿意知道真相吗？即便峰子和葛原留美子有特殊关系，即便她对你怀有杀机，你都只是在怀疑，却不愿意证实。你害怕去证实。"

"加贺！"萩原咬住嘴唇，调整了一下呼吸，"要是我能自由活动，我一定会揍你。"

"等你好了再揍我也不迟。随你怎么揍。"加贺站在床边，低头直盯着萩原，双拳紧握。

萩原叹了口气，目光移向别处。"确实，我那天吃了维生素药片。但我再怎么笨,也不至于发现不了维生素药瓶里混进了安眠药。还是说有和维生素药片完全没有区别、一模一样的安眠药吗?"

"这一点我也觉得不可思议,但听了你公司职员的话,我发现还有其他的可能性。"

"什么意思?"

"听说你除了维生素药片,还喜欢喝电解质饮料。经常混在一起喝吧?"说完,加贺背过身去,拿起便利店的白色购物袋,取出一个小瓶子。"是这个吧?"

这正是萩原经常喝的电解质饮料。那天,他在事发之前喝的也是这个。

"这怎么了?难道说,那个瓶子里面被放进了安眠药?"

"我是这么推理的。除此之外想不出其他可能。"

"别开玩笑!这玩意儿里面怎么放安眠药?要下药就一定要开一次瓶盖,你以为我会看不出来?"

加贺一语不发,伸手拧起电解质饮料的瓶盖。金属破裂的声音响起,他旋转瓶盖将它取下。

"你想干什么?"

加贺把瓶子举到萩原脸部上方,将瓶子倒转过来。

萩原"哇"了一声,想要避开,然而瓶子里什么也没有落下。萩原不明就里,睁大了眼睛。"这是怎么回事?"

加贺将盖子伸到他面前。"你从反面看看吧。"

萩原接过盖子,按加贺说的做了,下一个瞬间,他"啊"地喊了出来。

盖子上开了一个直径两毫米左右的小洞,但是被盖子上贴的价格标签盖住了。

"这瓶电解质饮料是在你家附近的一家药店买的。买了以后才发现,那里卖的电解质饮料全都像这样在盖子上贴着标签。那天你喝下的那瓶,盖子上应该也贴了标签。"加贺的声音回响着,"把戏很简单。这样在盖子上开个小洞,先将里面的饮料抽出来,混进安眠药,再注回瓶子里,最后只要用价格标签遮好就行了。"加贺用平淡的语气说道。

萩原无言以对,一时间只是盯着盖子。那上面的小洞似乎象征着什么。他扔掉盖子。一声脆响,盖子滚到了地板上。

"这都是想象,"萩原说道,"这全都只是你的想象而已。作为警察,光有这些是不行的,不是吗?你有证据吗?你把她干了这事的证据拿给我看!"

加贺弯下腰,捡起萩原扔下的盖子,然后盖在另一只手里的空瓶子上,放到桌子上。"我现在十分后悔。"加贺小声说道,"我本该趁那天晚上回到你家,将她扔掉的垃圾袋里的东西全部找回。正如你刚才所说,第二天就是不可燃垃圾收集日,所以她在去医院之前,无论如何都要回一趟家,目的就是销毁证据。"

"垃圾袋里装着耍了这个把戏的电解质饮料瓶吗?"

"恐怕是吧。"

"荒谬至极!是你想多了。就算这种把戏可行,你难道不觉得可行性太低了吗?正如你调查的,我是经常喝电解质饮料,但也不是在出门前一定会喝。就算我喝了,它会产生什么效果也并不清楚。我感到了睡意,可能会把车停到路边休息一会儿。你觉得凶手会用这种效果不确定的手段吗?"

"所以……这就成了间接故意。"

"什么?"

"间接故意。凶手希望自己的计划能够顺利实施,但假如并不顺利,也只能作罢——我说的就是这种罪行。这样虽然救了你,却也保护了凶手不被发现。"加贺站在窗边,面朝窗外接着说道,"听说葛原留美子欠了将近三千万的债务。"

"三千万……"

"峰子有没有跟你暗示过离婚?"

"没有。那不可能。"

"看来是这样。目前的状况下,跟你离婚她也无法得到赔偿金,更没有希望将大地带走。不,如果葛原没有欠款,一般来说,将现在的关系一直维持下去才是上策。"

"她为了解决葛原的债务,试图杀了我吗?"遗产、保险金之类的词浮现在萩原脑中,"就只是为了这些?"

"或许她并没有太积极的杀意。按我的推测,她是觉得如果你死了,那就是她的幸运。"

"幸运……"

7

各种各样的记忆交错在萩原的心头。老实说,他并不知道究竟怎么办才好。事故发生之前就是这样。

他当然不是没有注意到峰子和葛原留美子的关系。有人告诉过他葛原留美子的性取向,但他并未料到峰子也进入了那个世界。恐怕跟加贺说的一样,他是不愿相信这样的事实。

观察峰子的行动只是令他徒增疑虑,他十分苦恼。就算问峰子本人,也会被否认,只能到此为止,但他又想不出其他能够确认真相的办法。

于是,那天晚上,他决定要见一见加贺。经历了种种案件的加贺说不定能够给他一些好的建议。

但是事故发生了。

自己是否被人下了安眠药的疑云一直笼罩在萩原脑中,但他不敢想象这种事情。可以说,他害怕一经思考就会得出答案,尽管这是个得不出答案就无法了结的问题。

加贺打开记事本,递给萩原,另一只手拿出一支圆珠笔。

"干什么?"萩原问道。

"在这里画一条鱼吧。"

"画鱼?为什么?"

"别问为什么,画就是了。画你喜欢的鱼,金枪鱼也行,秋刀鱼也行。"

"奇怪的事就……"

萩原接过记事本和圆珠笔,用左手笨拙地画了条鱼,不像金枪鱼或秋刀鱼,而是一条怪鱼。

拿过记事本,加贺温和地笑了。"果然如此。"

"怎么了?你究竟想说什么?"

"前几天我看电视,里面说了一件有意思的事。如果要一个人画鱼,他一开始一定把鱼头画在左边。不管是用左手还是用右手,即便让外国人画也是一样。你现在画的这条鱼就是这样,头朝左边。"

萩原感到摸不着头脑,他看着自己刚画的画。"说起来还真是。为什么?"

"在鱼类图鉴之类的读物上,鱼的图像基本上都是这样画出来的。人们从儿童时代开始就一直看这些画,渐渐烙下了应该把鱼头放在左侧的印象。那为什么鱼类图鉴会这么画?因为最初对鱼类进行系统研究的学者,常常要对鱼的左侧进行写生,右侧通常在写生之前就被解剖了，这样可以保护鱼的心脏不受损。"

"嗯。我知道你看电视看得仔细，但这又怎么了？"

"你想想贴在你家玄关的那幅画。那是大地画的鱼。"

"那幅画……"

"头可是朝右边的。"

加贺这么一说，萩原点点头。"确实是这样。我看见那幅画的时候，总有种不能平静下来的感觉，就是这个原因吗？可是他为什么会画成那个样子？"

"我不是说过吗？大地是个老实的孩子，看见什么就画什么。"

加贺又从上衣口袋里取出了照片，但这次是两张。"这张照片，是刚刚给你看过的葛原留美子公寓的照片。而这张照片，是公寓门前那座公园的放大照。"

萩原来回看着面前的两张照片，随后盯着那张放大照，屏住了气息。照片上是鱼的雕像，装饰在公园入口附近。

"大地是画了这座雕像吗？"

"这样推测也不奇怪吧？告诉你一些能作为参考的话，如果在公园里给那座雕像写生，头是朝左的。但画上的头朝右，那就表明是在公寓所处的一侧画的。"

"葛原留美子的房间在……"

"二楼。从窗户看出去，正对面应该就是那座雕像。"

"你是说，峰子把大地也带到那个人的住处了吗？"

"这样想应该是合理的。当然,你要是对峰子这样说,她恐怕会回答你:把孩子带到花艺老师家里没有什么不对的。"

"是吗?把大地也带过去了啊。"萩原思考着这件事的意义。仿佛吞了铅块一般,他有一种胃里压着重物的不适感。

"她打算终有一天要和那个女人一起生活吗?连大地也带过去……"

"我不知道她的计划具体到什么程度,但她可能确实想让大地和葛原留美子产生感情。"

"我知道了。"萩原望着天花板说道。不知为何,他现在已经完全感觉不到身上伤口的疼痛了。"话说完了吗?"

"说完了。"加贺将照片和记事本放进口袋,"或许你想说我多管闲事,但我不能对此坐视不管。"他将手伸向放在桌子上的空瓶子。

"把瓶子放在那儿。"萩原说道。

"可以吗?"

"嗯,留下吧。"

加贺略一思考,点点头,看了一下手表。"你坐的时间太长了,身体怎么样?不累吗?"

"没事。身体嘛——"萩原动动嘴角做出微笑的样子。

加贺做了个深呼吸,左右扭动脖子,关节隐约发出声音。"那我回去了。"

"嗯,小心点,可别疲劳驾驶。"

加贺轻轻抬起一只手,转过身去,又马上回过头来。"你一开始问的那个问题,不想听听答案吗?"

"答案?"

"你一开始问我为什么要问得这么仔细,我说等问完之后再回答你。"

"啊。"萩原点点头,又摇摇头,"不,不必了。我不想从你口中听到矫情的话。"比如"友情"这样的词——萩原在心中自语。

加贺右嘴角上扬,说了声"保重",走向门口。这时,响起了开门的声音,加贺停住了脚步。

"哎呀,现在就回去吗?"是峰子的声音。萩原听得分外清楚。

"和病人一不小心说话说太久了。"

"肯定是他自己无聊,才让你陪他聊天。不好意思,你很忙吧?"

"没有,出乎意料地看见他这么健康,我就安心了。我还会来的。"

"谢谢你。"

加贺出去了,峰子的身影映入眼帘。

"都说了些什么?"她微笑着问道,脸色有些潮红。

"说了很多。对了,你到哪儿买东西去了?回来得真够晚的。"

"对不住加贺先生,我是想趁机好好买点东西的。下次还不知道什么时候能悠闲地购物呢。"

"是吗?"他调整呼吸,问道,"花艺培训课呢?"

"啊?"她脸上闪现出狼狈的神色。

"花艺培训课,没上吗?"

"啊……是啊。这段时间一直没去,这种时候嘛。"

峰子的视线开始游移,最终停在了桌子上。那里放着加贺留下的空瓶子。萩原盯着她,两人目光交会。但她马上移走了视线。

"得给花换水了。"峰子拿起放在窗沿上的花瓶,朝盥洗室走去。

看着她的背影,萩原在心中发问:为什么?为什么对方是个女的?不惜杀了我也要跟那个女人在一起吗?然而,萩原似乎感到她也正在内心回答:这不是你的错吗?你变了。你究竟为我做过什么?你还认为我比工作重要吗?你有信心断言自己还是这个态度吗?我只是选择了爱我的人而已。

峰子抱着花瓶从盥洗室走了出来。她没有看萩原,径直走向窗边,放下花瓶,开始调整花的位置。

"这个电解质饮料的瓶子,"萩原开口了,"是加贺带过来的。是从哪儿拿来的,不用说你也明白吧?"

峰子停住了手,仍面朝窗户,一动不动。

"事发第二天早上,他去了咱们家,在垃圾车来之前发现了你扔掉的垃圾袋,从里面将瓶子捡了出来。"

从峰子胸部的起伏可以看出,她正在大口呼吸。看着她这个样子,萩原继续说道:"他是刑警,感觉不对劲就会多方调查,所以也会查查这瓶子里藏了什么秘密。"

峰子转向萩原,流露出胆怯又憎恨的目光,还有一丝后悔。她什么也没说,只是咬住了嘴唇。

"你出去吧。"萩原平静地说道,"从明天开始,不要再来了。"

萩原感觉到峰子内心有什么东西破灭了,然而她的表情几乎没有改变,姿势也没有半点变化。倒是萩原心中正涌起剧烈的不安。他觉得,女人真是厚颜无耻。

峰子带着能剧面具一样的表情迈开大步,屋内响起鞋跟踏在地上的声音。她出去后,这声音仍然回响在萩原耳边。

图书在版编目（CIP）数据

只差一个谎言 /（日）东野圭吾著；黄真译. -- 2版. -- 海口：南海出版公司，2019.6
（东野圭吾作品）
ISBN 978-7-5442-9453-9

Ⅰ. ①只… Ⅱ. ①东… ②黄… Ⅲ. ①短篇小说－小说集－日本－现代 Ⅳ. ① I313.45

中国版本图书馆CIP数据核字（2018）第238554号

著作权合同登记号　图字：30—2018—118

USO O MOUHITOTSU DAKE
© Keigo Higashino 2003
Original Japanese edition published by KODANSHA LTD.
Publication rights for Simplified Chinese character edition arranged with KODANSHA LTD. through KODANSHA BEIJING CULTURE LTD. Beijing, China.
All rights reserved.

只差一个谎言
〔日〕东野圭吾 著
黄真 译

出　　版	南海出版公司　（0898）66568511
	海口市海秀中路51号星华大厦五楼　邮编 570206
发　　行	新经典发行有限公司
	电话(010)68423599　邮箱 editor@readinglife.com
经　　销	新华书店
责任编辑	张　锐
特邀编辑	张逸兰　王　雪
装帧设计	陈绮清
内文制作	王春雪
印　　刷	山东韵杰文化科技有限公司
开　　本	850毫米×1168毫米　1/32
印　　张	7
字　　数	130千
版　　次	2013年4月第1版　2019年6月第2版
印　　次	2024年7月第40次印刷
书　　号	ISBN 978-7-5442-9453-9
定　　价	49.50元

版权所有，侵权必究
如有印装质量问题，请发邮件至 zhiliang@readinglife.com